대체로
HAPPY STORIES, MOSTLY
행복한 이야기들

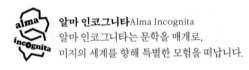

알마 인코그니타 Alma Incognita
알마 인코그니타는 문학을 매개로,
미지의 세계를 향해 특별한 모험을 떠납니다.

The original Indonesian edition was published as
"Cerita-CeritaBahagia, Hampir Seluruhnya"
authored by Norman Erikson Pasaribu.
Copyright © NormanErikson Pasaribu, Gramedia 2020.
All rightsreserved.

First published in English by Tilted Axis Press in United Kingdom.

Korean language edition arranged with Norman Erikson Pasaribu through
Greenbook Agency, Gyeonggi-do & Jacaranda Agency, Singapore
ⓒ 2023, Alma, Inc.

대체로
HAPPY STORIES, MOSTLY
행복한 이야기들

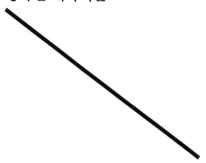

NORMAN ERIKSON PASARIBU

노먼 에릭슨 파사리부　　　고영범 옮김

함피르

인도네시아어로 '거의'를 뜻하는 함피르hampir는,

피를 빨아먹는 악귀 팜피르vampir★와

자음 하나만 다를 뿐이다.

행복해진다는 건 무슨 뜻일까? 또한,

거의 행복해진다는 건 무슨 뜻일까?

거의 들어간다는 것, 거의 받아들여진다는 것,

거의 당도한다는 것, 그러나, 동시에,

당도하지/ 받아들여지지/ 안에 들어가지

못한다는 것.

★ 인도네시아에서는 뱀파이어를 이렇게 쓴다.

그러니 화사하게 치장된 이성애만을 축복하는 이 세상에서,

성소수자들에게 행복이란 무엇일까?

그것은, 많은 경우에, 피를 빨아먹는 악귀

팜피르이고, 함피르이다.

"당신의 별자리가 물고기자리라면, 그건 당신이 게이라는 뜻이다."

— 에이미 와인하우스

한국 독자들에게

제 글이 한국어로 번역된다는 사실을 아직도 믿기 어렵습니다. 제가 가장 좋아하는 작가들 가운데 한국 작가로는 한강과 한유주 두 분이 있습니다. (유주, 보고 싶어요!)

대부분의 사람들과는 달리, 저는 학교의 지리 시간을 통해 한국에 대해 배운 게 아니었습니다. 제 이모님 중 한 분이(평안한 안식 속에 계시기를) 서점을 하는 분과 결혼했던 적이 있습니다. 그분이 하던 헌책방에서 만화책을 많이 봤는데, 그중에 김수정의 《아기공룡 둘리》가 있었습니다. 제가 자라난 서부 자바의 교외 주택단지에서 수천 킬로미터 떨어진 곳의 삶을 정말 기상천외하고, 스릴 넘치고, 웃기고, 때로는 폭력적으로 포착해낸 이야기였죠. 서울은 제 어린 시절의 뮤즈가 되었습니다. 그 시절 제 꿈은 어린 공룡을 가지는 거였습니다. 불행히도 둘리 만화책을 모두 보지는 못했습니다. 이모님이 그 남자하고 몇 년 안 살고 헤어졌거든요. 사랑은 사용 기간이 지난 밀가루들 속으로 흩어져버렸습니다. 하지만 읽기의 즐거움은 남았죠.

제가 둘리 이야기에 등장하는 삶들을 읽었던 것처럼, 여러분도 이 책 안에서 제가 포착해낸 인생들을 읽어내실 수 있으면 좋겠습니다. 저는 이 책 안에서 살아 있는 이들을 사랑합니다. 그 사람들은 저와 아주 가까운 이들의 삶을 닮았어요. 이들은 끝도 없이 가해지는 압박을 견디면서 살아가야 합니다. 그리고 그런 압박은 그들에게 가장 가까운 사람들—엄마, 형제자매, 그리고 친구들로부터 오는 경우도 꽤 있죠. 이 사람들은 제가 만들어낸 인물들이긴 합니다. 이들의 몸은 진짜 인간의 신경 체계를 갖추고 있진 않아요. 하지만, 이 허구의 인물들에게 가해지고 있는 진짜 억압을 읽으면서, 우리 모두가 진짜 사람들을 사랑하고 그들을 있는 그대로 받아들이는 법을 배울 수 있기를 바랍니다.

우리를 사랑해주는 행성에서는, 우리는 천국으로 올라가는 계단을 상상할 수 있어요. 그리고 이 천국에서, 우리는 무지개 빛깔의 고양이가 될 겁니다.

2023년 11월
노먼 에릭슨 파사리부

추천의 글

문보영_시인

느지막이 일어나 노먼의 소설집과 꾸깃꾸깃한 편지 한 통을 챙겨 호텔 방을 나섰다. 아이오와의 작은 호텔에서 지낸 지 2주가 지났다. 방에 빛이 들지 않아 밖은 더운데 실내는 서늘하다. 추위 때문에 잠을 이룰 수 없을 때 난 노먼의 문장에 의지했다. "나는 어둠 속에서 일한다. 버섯처럼. 활동력을 키우기 위해 빛이 필요하지는 않다." 이 아름다운 문장은 어둠 속에서도 사람을 강인하게 만든다. 방에서 챙긴 편지는 호텔 매니저에게 쓴 편지다. 조금이라도 빛이 드는 방으로 바꿔달라는 내용의. 카운터 앞에 서 있을 때 피지 섬에서 온 작가 메리를 만났다. 호텔 매니저를 귀찮게 하는 것 같아서 망설이고 있다고 하니 메리는 말했다. "야, 우리는 작가잖아. 원래 성가시라고 있는 존재들이라고We are writers, We are born to be annoying, That's our job." 그 말을 듣고 메리에게 고맙다고 했다. 그것이 노먼의 소설을 정확히 묘사하는 말 같았기에! 성가시게 하기. 그것은 사랑의 한 방식이 아닌가. 그의 소설은 사람을 성가시게 만든다. 길을 가다가 헤매게 만들고, 끝없는 질문을 던진다. 등장인물이 느닷없이 작가를 걱정하고, 어떤 인물은 알람이 울리지 않은 탓에 사랑을 잃는다. 수녀는 자신의 삶에서 탈출하고, 누군가는 애도를 위해 여행을 떠난다. 이야기가 끝날 때까지 나는 여러 번 길을 잃었고, 그가 세상을 향해 딴지 거는 모습을 흥미롭게 바라보았다. 그리고 그의 소설을 다 읽고 제목으로 돌아갔다. 대체로 행복한 이야기들. 대체로 행복하다는 것은 행복할 게 남았다는 뜻일 것이다. 한편으로 그것은 슬픔의 자리를 남겨둔다는 것일 테다. 그는 그만의 방식으로 독자를 성가시고 울게 하며 웃게 한다.

추천의 글

안톤 허_소설가, 번역가

노먼 에릭슨 파사리부의《대체로 행복한 이야기들》은 시인이 쓴 소설들이다. 이 책을 읽으면서 시와 소설의 경계에 대해 생각하지 않을 수 없었다. 시에 가까운 소설, 시라고도 말할 수 있는 소설, 시를 쓰려 했다가 소설이 된, 혹은 소설을 쓰려다 시로 된 글들로 읽힌다. 그의 시집《세르지우스가 바쿠스를 찾다》도 서사 요소가 강한 시로 감동을 자아냈었는데 이 소설집은 그러한 작업의 연장선에 있는 셈이다.

하지만 장르의 경계뿐일까. 젠더, 삶과 죽음, 지옥과 천국, 희극과 비극, 모국어와 외국어 등 그 어떤 이분법적인 경계를 유쾌하게 무너뜨리는 것이 파사리부의 소설들이다. 모든 경계와 바이너리를 창조적으로 파괴하는 행위를 곧 "퀴어화"로 이해한다면 이 소설들은 퀴

13

어 문학의 정수인 셈이다. 단순히 인물 간의 퀴어한 관계를 넘어 장르의 퀴어화, 언어의 퀴어화, 그리고 존재의 퀴어화가 이 작품들로 그 절정을 이룬다.

차례

한국 독자들에게_노먼 에릭슨 파사리부 ..9

추천의 글_문보영 ..11

추천의 글_안톤 허 ..13

새해 전날 밤에 찾아온 엔키두 ..17

당신의 긴 잠을 위한 잠자기 전 이야기 ..19

산드라, 그래서 당신의 이름은 뭔가요? ..24

젊은 시인이 가슴이 찢어지고 나서도 살아남기 위한 안내서 ..43

거인에 관한 이야기에 관한 진실한 이야기 ..53

셋은 당신을 사랑하고, 넷은 당신을 경멸한다 ..94

메탁수: 자카르타, 2038년 ..97

짙은 갈색, 검정에 가까운 ..120

응답되지 않은 기도부에 오신 걸 환영합니다 ..132

아드 마이오렘 데이 글로리암 ..146

우리의 후손은 하늘의 구름만큼이나 많을 것이다 ..169

그 여자의 이야기 ..197

대체로 행복한 이야기들에 대한 대체로 행복한 대화 ..207

새해 전날 밤에 찾아온 엔키두

"비가 오면서 강물이 불어나고 또 불어나, 갈색의 물이 우리 집 문 앞까지 들이닥친다. 차에 노랗게 앉아 있던 먼지가 습기를 만나 갈색으로 변한다. 문 앞에 놓여 있던 '환영'이라고 쓰인 깔판이 물에 떠올라 폭이 좁은 차고를 지나, 녹슨 초록색 대문 아래로 빠져나간다. 그 깔판은 우리가 그것이 그 자리에 있었다는 걸 떠올릴 때에야, 그게 그 자리에 있어야 하는 물건이라는 걸 떠올릴 때에만 다시 제자리로 돌아올 것이다. 그리고 하루살이들이 수면 위를 떠돌아다니고 있다. 우리는 검은색 창틀에 붙어서 이 모든 걸 지켜본다. 그때, 고양이가 끔찍하게 울부짖는 소리가 어디에선가 희미하게 들려온다. 사거리에 사는 과부가 푸른 비옷을 입고 물을 헤치며 물길을 따라 걷는 모습이 보인다. 우리는 저 태양이 이 모든 걸 지켜보고 있는 우리를 지켜보고 있다는 걸 안다. 우리 모두가 올라서 있는 이 구체球體, 이 푸른 눈동자보다 더 큰 눈으로. 하지만 그때, 네가 입고 있는 티셔츠를 잡아당기는 손길이 있다. 작디작은 손, 아침을 먹으러 내려오라는 전언. 그들이 말한다, 누군가가 아래층에서 너를 기다리고 있다고. 아주 오랫동안 너를 찾아다니던 누군가가. 아 그렇지, 그렇다면 내려가야지. 그때 누군가가 머리를 들이밀고 안을 들여다본다─자리에서 일어나 영화관을 나설 때가 됐다는 신호다. 소변을 보러 갈 때 그러듯이, 경사로를 걸어내려가… 하지만 이 모든 일들은 얼마나 빨리 날아가버렸던가. 이제는 더 이상 존재하지 않는다." 그들은 암흑으로 얼굴을 감싼 채, 문을 열어 마지막을 맞아들인다.

당신의 긴 잠을 위한 잠자기 전 이야기

처음 단편소설 작법 강의를 들을 때, 선생이 내가 들어본 실화 가운데 가장 슬픈 이야기를 해보라고 시켰다. 그래서 나는 그 강의실에 모인 사람들에게 내가 유치원 교사로 지원했을 때의 일을 이야기해주었다. 당시 면접관들 역시 내가 들은 실화 중에서 가장 슬픈 이야기를 해보라고 해서, 나는 알람맨에 대한 이야기를 했고, 면접에서 떨어졌다. 내가 알람맨에 대한 이야기를 들은 건, 그 사람과 같은 마을 출신인 돌아가신 내 어머니로부터였다. 내가 면접관에게 한 알람맨 이야기는 이렇다. 알람 시계가 없으면 도저히 일어나지 못하는 알람맨이 멀찌감치서 칠 년 동안이나 짝사랑해온 내 어머니의 친구와 마침내 첫 데이트를 하게 되었는데, 그 전날 밤 시계에 알람 설정을 하는 걸 잊어버렸다. 그날 알람맨은 잠에서 깨어나지 못했고, 내 어머니의 친구는 그와 만나기로 한 놀이공원 매표소에서 해가 질 때까지 기다렸다. 어머니의 친구는 그 사람이 못된 장난을 친 거라고 간주하고는 다른 사내를 만나기 시작했다. 그 뒤로 오십 년이 지났고, 계속 잠들어 있던 알람맨이, 어떤 이유에선가, 깜짝 놀라서 깨어났다. 그의 눈에 제일 먼저 들어온 것은 침대가 온통 머리카락으로 덮여 있는 모습이었는데, 그 뿌리를 찾아가보니 바로 자기 자신의 머리통이었다. 머리카락을 자르고 난 뒤 거울에 비친 자기 모습을 보고, 그 사내는 다시 한 번 충격을 받았다. 늙고 허약한 모습이 눈에 들어왔던 것이다. 그제야 사내는 무슨 일이 일어난 건지 알아차렸고, 거울 앞에 서서 끝도 없이 울었다. 그러다가 자신이 사랑하던 사람과의 데이트 약속을 떠올렸다. 사내는 서둘러 눈물을 닦고, 샤워를 하고, 옷을 깨끗이 차려입고, 놀이공원으로 갔다. 가는 길에 길을 잃은 건 물론이다. 여러 사람에게 길을 묻고, 몇 시간이 지나서야, 사내는 그곳에 도착했다. 이제 놀이공원은 쇼핑몰이 되어 있었다. 사내는, 이번에는 길가에 선 채, 슬픔과 후회로 가득한 눈물을 흘리기 시작했다. 다시 한 번 사내는 자기가 사랑하던 사람─내 어머니의 친구를 떠올렸고, 그 사람을 찾아 나섰는데, 그가 사랑하던 사람은, 당연히, 이미 다른 이의 사랑을 받는 사람이 된 후였다. 내 어머니의 친구는 이미 멀리 이사를 간 뒤였고, 그래서 알람맨은 그 사람 대신 내 어머니를 찾아왔다. 알람맨은 내 어머니에게 그 모든 사정을 털어놓기 시작했고, 중간에 울음을 터뜨리면서도 계속 이야기를 이어갔다. 그러다가 마지막에 어머니 친구의 주소를 물었다. 어머니는 사실 그대로 이야기해주었다. 그 친구는 이 년 전에 전립선암으로 세상을 떠났다고. 알람맨은, 이번에는 우리 집 응접실 소파에 앉아서, 다시 한 번 울음을 터뜨렸다. 사내는 이제 살아야 할 이유가 없다고 생각했다. "그러다가 그 사내는 갑자기 배가 고프다고 말했고, 엄청난 양의 음식을 먹은 뒤에 자기 집으로 돌아가 다시는 사람들 눈에 띄지 않았습니다." 나는 면접관한테 이렇게 말하고 이야기를 끝맺었다. 면접관은 인상을 찌푸리더니 그게 실제로 있었던 이야기이냐고 물었고, 나는 고개를 끄덕였다. 면접관은 알람맨이 어떻게 아무것도 먹지도 마시지도 않은 채 오십 년을 살 수 있었느냐고 물었고, 나 역시 그게 과학적으로 설명이 가능한 일인지는 모르겠지만, 아무튼 그런 일이 실제로 있었던 건 사실이라고 대답했다. 면접관은 알람맨이 그런 이름으로 불리기 이전의 일에 대해 물었고, 나는 그에 대해서는 어머니에게 들은 바가 없다고 솔직하게 대답했다. 그리고 긴 침묵이 흘렀다. "그 사람이 살아남았다는 건 말이 안 돼요." 면접관은 그렇게 말하고 나서 내게 일자리를 줄 수 없다고 말했다. 나는 어머니의 병원비를 대기 위해 그 일자리가 꼭 필요한 처지였기 때문에, 내내 울면서 집으로 돌아왔다. 그로부터 한 달 뒤, 어머니가 알람맨의 전체 이야기를 혼자 간직한 채 돌아가시고 나서야—그 이야기를 여쭤보기에 적당하다고 느꼈던 순간이 전혀 없었다—그때 취직을 거부당한 사실이야말로 내게는 알람맨의 이야기보다 더 슬픈 이야기라는 사실을 깨달았다. 내가 느끼기에는 어떤 불행한 경험을 남들에게 이야기했는데 그 결과 거짓말쟁이 취급을 받는 것은 실제로 불행을 경험하는 것보다 더 고약한 일이었다. 대량학살이 있었다는 사실을 부인하는 게 대량학

살 그 자체보다 더 끔찍한 거랑 비슷한 것 아닐까? 그리고 이런 생각이 들었다. 만약 그때 면접관에게 알람맨에 대한 이야기 대신, 내가 유치원 교사직에 응모할 때 말한 알람맨 이야기가 실제로 있었던 일 같지 않을 뿐만 아니라 당췌 말이 안 된다는 이유로 떨어졌다는 바로 그 이야기를 했다면, 일자리를 얻었을는지도 모른다는 것. 왜냐면 그 사람들이 그 이야기에서 최소한 한 겹—유치원 교사 일자리를 거절당했다는 것—은 말이 된다고 생각했을 테니까. 하지만 무슨 재주로 그 이야기를 할 수 있었겠는가? 무엇보다, 면접을 보고 있을 때에는 아직 취업에 실패하기 전이었는데. 그리고 이런 생각도 들었다. 만약 내가 알람맨 이야기를 하고 거짓말쟁이 취급을 받은 게 알람맨 이야기 자체보다 더 슬픈 이야기라면, 내가 알람맨 이야기를 하고 거짓말쟁이 취급을 받은 것에 대해 이야기하고 난 뒤에 거짓말쟁이 취급을 받는다면 그건 그보다도 슬픈 이야기가 아닐까? 이런 이야기 ─ 슬픔의 벽돌로 지어진 끝 모를 구렁텅이 ─ 가 언젠가 내 불행의 바벨탑을 짓는 데 쓸모 있는 날이 있을 것 같았다. 어느 날엔가, 슬픈 이야기를 들어야만 잠을 잘 수 있는 이들에게 이 이야기를 해줄 수 있을지도 모르고. 그 사람들은 내 이야기를 들으면서 평화롭게 아주 긴 잠에 빠져들 수 있을 것이다. 어쩌면 영원히. 그래서, 그 무렵에, 그 이야기를 심지어 더 슬프게 만들기 위해서, 나는 글쓰기 수업을 듣겠다고 마음먹었던 것이다. 그곳에서는 "당신이 해본 가장 끔찍한 경험은 어떤 것입니까?", "당신의 가장 어두운 비밀은 어떤 건가요?" 같은 질문들이 수시로 사람들에게 던져질 것이고, 참석자들 중 몇몇은 자기야말로 가장 끔찍한 경험과 가장 이상한 비밀을 가지고 있고 제일 터무니 없는 상상을 하는 사람이라는 생각을 가지고 있어, 나라는 사람에 대해서는 말할 것도 없고, 내가 하는 이야기에 별다른 관심을 두지도 않을 테니까.

산드라, 그래서 당신의 이름은 뭔가요?

외아들이 죽고 나서 넉 달 뒤, 마마 산드라는 베트남 꽝남 지역의 마이선Mỹ Sơn으로 여행을 떠난다.

산드라는 10월 초의 어느 금요일 아침에 자카르타를 떠나 쿠알라룸푸르에서 비행기를 갈아탈 예정이었다. 항공권 가격은 저렴했다. 몇 년 전 두 건의 "사고"가 있은 뒤로, 말레이지아 항공은 쿠알라룸푸르와 하노이 간 노선을 포함해서 늘 특가 판매를 하고 있었다. 하지만 마마 산드라는 이런 식의 정보들을 쉽게 접할 형편이 아니었기 때문에 그런 사실을 모르고 있었다. 그래서 가격표를 보고는 하늘에 계신 아버지가 은혜를 베풀어주시는 거라고 생각했다. 마마 산드라는 두 팔을 뻗어 이 성스러운 은사를 받아들이고, 그 즉시 거의 이십일에 달하는 남은 휴가일을 모두 사용하겠다고 신청했다. 전형적인 자바 사람으로 솔로 출신인 산드라의 상사는 최근에 자신의 부하 직원이 겪은 비극을 잘 알고 있었다. 그래서 별다른 질문 없이 바로 허가해주었다.

마마 산드라는 베트남에 대해 아는 게 별로 없었다. 그곳이 공산주의국가라는 것, 인도네시아와 마찬가지로 아세안 회원국이라는 것 정도였다. 마이선에 고대 짬빠 왕국의 유적으로 폐허가 된 힌두 사원이 있다는 것도 새벽 세 시가 되도록 "my son"이라는 영어 구문의 검색 결과를 확인하며 인터넷에서 시간을 보내다가 우연히 알게 된 것이었다.

산드라의 아들 이름은 바이슨Bison이었는데, 짐작하겠지만, 그녀는 줄여서 "선Son"이라고 불렀다. 그 이름은 산드라가 좋아하는 발리우드의 여배우 소니아를 연상시켰지만, 그녀는 개의치 않았다.

산드라가 베트남에 가야겠다고 결심한 건 머리가 무겁고 지끈거리는 두통을 느끼면서 잠에서 깨어난 지 몇 시간 지나지 않았을 때였다. 산드라는 일어나자마자 바퀴벌레 무리가 세탁기 아래의 합판 밑에 터를 잡고 있는 부엌으로 갔다. 그녀는 낮은 불에 주전자를 올려놓고, 식탁 위의 과일 바구니에 덮여 있는 파란색 덮개를 들어올려 거의 검게 변색될 정도로 푹 익은 바나나를 하나 비틀어서 송이에서 떼어냈다.

산드라는 바나나를 천천히 꼭꼭 씹어 먹고는, 천천히 자리에서 일어나 냉장고 위에 있는 구급약품 상자를 들고 왔다. 바이슨이 복용하곤 하던 대용량 파나돌이 필요했다. 약은 빨간 줄이 그어진 유리처럼 반짝이는 플라스틱 포장에 싸여 있었다. 밀봉된 플라스틱 포장의 질감에 산드라는 손톱깎이에 붙어 있는 작은 금속제 손톱 파일을 떠올렸다. 하얀 쌀알을 크게 튀겨놓은 듯한 모양의 알약은 약이라는 게 원래 그래야 하듯이, 쓴맛이었다. 산드라가 사용해본 모든 진통제들 가운데 이 약이 가장 효과적이었다.

약에 들어 있는 카페인이 몸에 스며들기 시작하면서 머리가 맑아지자 산드라는 그녀가 그 운명적인 밤 이후로 매일 수행해온 의식과 같은 일과를 시작했다. 그날 밤, 바이슨과 같은 하숙집에 살던 다른 대학생은 산드라가 잠에서 깨어나 마침내 전화기를 들 때까지 끊임없이 전화를 걸어왔다. 그 의식은 이것이었다. 그녀가 지극히 사랑하는 아낙 시아캉간*, 그녀의 첫아이이자 유일한 아이의 죽음을 두고 목놓아 우는 일.

이십 분쯤 뒤, 마마 산드라는 테이블에서 간신히 몸을 일으켜 스토브 앞까지 가서 인스턴트커피를 끓였다. 그리고 설탕이 녹기를 기다리는 동안, 바닥에 산처럼 쌓여 있는 빨래감을 집어들어 세탁기 안에 쑤셔 넣었다. 산드라는 바이슨이 집에서 55킬로미터 떨어진 탕게랑의 대학으로 갈 때 가지고 갔던 72리터 용량의 아메리칸 투어리스터 여행가방을 창고에서 꺼내왔다. 그러고 나서, 산드라는 커피를 마시면서, 외무부에서 일하고 있는 유능한 조카 베트리스에게 전화를 걸었다. 그리고 여권이 꼭 있어야겠다고 잘라 말했다.

★　죽은 아이.

26

◆　◆　◆

마마 앤턴은 여행 계획을 듣고 입이 딱 벌어졌다. 그녀와 마마 산드라는 수마트라 북부 지역 작은 마을 출신의 고향 친구로, 둘 다 동네 바탁 개신교회** 여성 성가대에서 활발히 활동했다. 마마 앤턴이 알고 지내는 사실상 모든 이들이 그랬지만, 그녀가 알기로는 마마 산드라 역시 한 번도 외국 나들이를 한 적이 없었다. 마마 앤턴도 자기 동네를 벗어난 곳의 사정은 그녀의 쌍둥이 아이들인 앤턴과 앤토니아가 주말을 이용해 남동아시아 지역을 다녀온 뒤에 어디는 더 깨끗하고, 더 질서가 잡혀 있고, 생활비가 더 많이 들고 하는 따위의 이야기를 들려줘서 아는 게 전부였다. 마마 앤턴은 아이들의 말이 과장된 거라고 의심해왔다. 아이들은 마마 앤턴한테 비행공포증이 있다는 걸 알고 있었다. 그녀는 이따금 고향인 하리안보호를 찾을 때도 될 수 있으면 버스를 탔다.

마마 앤턴은 장례식을 치른 이후로 마마 산드라네 집에서 많은 시간을 보냈고, 아기 고양이처럼 웅크린 채 잠든 산드라가 꿈결에 우는 모습을 봐왔다. 산드라는 두 손으로 허공을 부여잡으면서 세상을 떠난 아들의 이름을 불렀다. "바이슨! 바이슨!" 마마 앤턴이 구약에서 아이를 잃고 울부짖는 욥의 모습을 상상할 때와 똑같은 모습이었다.

** 바탁은 수마트라 북부 지역 혹은 그 지역 사람들, 언어를 가리키는 말이다. '바탁 개신교회'는 외지에 나와 있는 바탁 사람들이 다니는 교회를 뜻한다.

그래서 마마 앤턴은 자기 친구의 터무니없는 계획을 기꺼이 지원하고 나섰다.

"벌써 여권 받아놨어, 앤턴 엄마, 근데 아망 펜데타한테는 뭐라고 말씀드리지?" 마마 산드라가 물었다. 목사를 가리키는 것이었다. 지금 두 사람은 성가대 연습에 와 있었고, 지휘자가 막 바탁 말로 추수를 뜻하는 고틸론을 축하하는 주말 파티에 대한 이야기를 시작하고 있던 참이었다.

"아망 펜데타가 개의치 않으셔야 할 텐데." 마마 산드라가 마음에 걸리는 듯이 중얼거렸다. 다행히도 마마 앤턴은 그녀의 편이었다. 마마 앤턴은 바이슨이 자신의 새끼손가락 마디 하나만 할 때부터 그 아이를 알고 있었다. 두 사람은 산드라가 오른쪽 어깨에 멘 포대기에 갓난아기를 넣은 채 홀로 베카시*로 처음 이사 온 1992년부터 친구였다. 산드라는 맨밥에 건더기 없는 국만 먹으면서 '서민 주택단지 Snug and Simple Housing Subdivision(SSHS로 알려진)'에 얻은 집세를 어떻게 마련해야 할지 전전반측하느라 뼈와 가죽만 남고 빈혈로 창백한 모습이었다.

◆　◆　◆

마마 산드라가 오후 근무조일 때마다 어린 바이슨을 학교에서 데

★　자카르타 동쪽에 있는 인구 250만의 도시로, 자카르타 메트로폴리탄 권역에 속한다.

려오는 일을 대신해준 건 마마 앤턴이었다. 이따금 바이슨의 성적표를 대신 받아오고 산드라네 수도꼭지에서 오염된 갈색 물이라도 나오면 바이슨을 데려다 자기 아이들과 같이 목욕시킨 것도, 바이슨이 고등학교를 졸업할 때 50만 루피아를 넣은 봉투를 건네준 것도, 전화 모뎀을 통해 인터넷에 연결되는 자신의 컴퓨터로 바이슨이 대학 입학시험 결과를 확인할 수 있게 해준 것도 모두 마마 앤턴이었고, 그랬기 때문에 마마 앤턴은 마마 산드라를 이해했다.

◆　◆　◆

마마 앤턴은 마마 산드라의 손을 꼭 감싸쥐었다.

"에다, 그냥 가버려." 그녀가 말했다. "말할 필요 없어. 못 가게 할지도 몰라."

◆　◆　◆

그래서 마마 산드라는 하노이로 날아갔고, 천국은 해가 쨍쨍한 하늘로 환영 인사를 건넸다. 그녀의 자리는 58C였다. 좁은 통로 너머에는 앞 좌석의 뒷면에 설치되어 있는 모니터에서 시선을 떼지 못하고 있는 어떤 백인 여자가 앉아 있었다. 하늘에는 매트리스처럼 생긴 구름들이 떠다니고 있었다. 그렇게 단순한 이유로 구름은 산드라가 새롭게 좋아하는 대상이 되었다. 이 위에서 보니까 구름들이 정말 귀여워 보이네. 산드라는 미소를 지으며 생각했다.

그때—인간의 의식 속에서 어떤 기억이 떠오르는 데에는 복잡한
여러 단계가 필요한 법인데도 불구하고, 그리고 그 기억이 떠올라도
되는지 확인도 받지 않은 상태에서—핑크색 솜사탕에 대한 기억이
마마 산드라에게 떠올랐다. 바이슨이 어린아이였을 때 좋아하던 군
것질거리. 그애가 아직 살아 있던 때.

마마 산드라는 주간 근무조로 일할 때면 저녁때 집에 돌아오는 길
에 그걸 들고 오곤 했다. 솜사탕을 파는 수레는 산드라가 일하는 보
종 멘텡에 있는 봉제 공장 옆 사거리에 있었다. 솜사탕 장수는 그 근
처 중학교 주변에서 자주 모습을 보였다. 그곳에서부터 산드라는 달
콤하고 푹신푹신한 구름을 담은 봉투를 한 손에 들고 흔들면서 라왈
룸부에 있는 집까지 걸어오곤 했다. 일단 집에 들어오면 산드라는 TV
앞에 놓인 깔개 위에 길게 누워 한쪽 팔꿈치를 세운 채 손바닥으로
머리를 받치곤 했다. 그러면 바이슨은 그 바로 옆 벽에 기대 앉았다.
두 사람은 매일 저녁 방영되던 가족 퀴즈쇼를 보았고, 참을성 없는
아버지들과 서로 의사소통이 되지 않는 형제들을 보고 웃으면서 솜
사탕을 조금씩 뜯어먹었다. 마마 산드라는 엄마와 자식이 매일 함께
나누었던 이 의식을 떠올리면서 수도 없이 울음을 터뜨렸다. 이번에
는, 아마도 처음 비행기를 타는 바람에 느낀 약간의 공포 때문에, 산
드라는 속수무책으로 자기 자리에 얼어붙어 있었다.

마마 산드라는 불과 몇 시간 전까지만 해도 쿠알라룸푸르 공항에
서 길을 찾느라 헤매고 있었다. 특히 모노레일을 타고 터미널을 옮겨

가는 게 쉽지 않았다. 베트리스가 여행 중에 벌어질 수 있는 모든 상황들에 대한 대처 요령을 알려줬는데도 그랬다. 베트리스는 무언가를 지시하는 모양의 손가락을 그려 넣은 표지까지 갖춘, A4 용지로 스무 장이나 되는 자료—베트리스의 아빠, 즉 마마 산드라의 오빠가 딸에게 고모한테 너무 신경을 안 쓴다고 잔소리를 퍼붓고 나서야 만든 것이다—를 주었다. 베트리스는 고모에게 하노이의 날씨는 대개 습도가 더 높으니 도착한 뒤 이삼 일은 그냥 쉬면서 날씨에 적응하는 게 좋을 거라고 조언했다. 그러고 나면 호이안을 거쳐서 마지막 목적지인 마이선에 갈 수 있을 거라고 했다. 마마 산드라는 동의했다.

기내식이 나왔을 때 마마 산드라는 과일 샐러드를 보면서 마마 앤턴을 떠올렸다. 지금쯤 마마 앤턴은 추수감사절용 과일 꾸러미들을 준비하느라 바쁠 것이었다. (그러나 그 모든 과일들은 직접 수확한 것이 아니라 모두 시장에서 사 온 것이라는 게 쓸쓸한 현실이었다—미안해요, 목사님. 하지만 우린 고향 농장이 아니라 베카시에 있는 걸요!) 그 후로 남은 비행 시간 동안에는 바이슨에 대한 생각을 하지 않을 수 있었다.

✦ ✦ ✦

호칭은 이제 마마 산드라에게 당혹스러운 어떤 것이 되었다. "마마 산드라"라고 부르는 이는 아무도 없었다. 하리안보호에 있는 일가친척들은 그녀를 "산"이나 "산동"이라고 불렀더랬다. 그녀가 베카시로 이사 오고 나서 만난 사람들은 그녀를 바이슨의 엄마라는 뜻으로 "마마 바이슨"이라고 불렀다. 첫아이 이름을 따서 엄마를 부르는 온 나라에 통용되는 관습을 따른 것이었다.

바탁 출신 엄마들 모임의 어떤 이들은 그녀를 두고 농담처럼 "보루 나잉골란"★을 줄인 "보루넹"이라고 부를 때도 있었다. 그녀의 외조부는 후타하엔 사람이었지만, 부친은 나잉골란 사람이었기 때문이다. 바이슨의 아버지는 시나가 출신이었기 때문에 바이슨 역시 당연히 시나가 사람이 되었다. 그런데 그는 다른 여자와 달아나버렸고, 이제 남은 건 혼자가 된 보루넹댁과 시나가 사람인 아들 바이슨뿐이었다. 그 아이의 핏속에 흘러들어간 시나가 사람의 땀과 눈물은 얕은 접시에 담을 만큼도 되지 않았다. 하지만 그러거나 말거나, 아이는 평생 시나가 사람으로 살게 될 것이었다.

이제 바이슨은 더 이상 없고, 마마 바이슨도 그와 함께 사라졌다. 이유는 이렇다. 그녀의 친구들이 계속해서 그녀를 마마 바이슨이라고 부른다면, 그들이 다니는 교회에 새로 오는 사람들이 말을 걸기 위해 바이슨에 대해 물어올 것이었다—바이슨의 아내는 어느 집안 출신인가요? 바이슨네는 아이가 몇이나 돼요? 장례식을 마치고 **바이슨은 이제 하늘에 우리 하나님 아버지와 함께 평화 중에 거하게 됐습니다**하는 이야기를 수십 번 반복한 뒤, 이제 남은 건 "산드라"—보루넹인 산드라, 보루 나잉골란인 산드라뿐이었다.

★ '보루'는 바탁어로 여자의 성(부계를 따름)을 이르는 말이다. 따라서 "보루 나잉골란"은 '나잉골란 집안의 여자'라는 뜻이다.

이세 고아르무?—너 이름이 뭐니? 이름 좀 알려줘.

마마 산드라가 쿠쿠이나무 열매처럼 귀여운 어린아이였을 때 고향 마을에서 아줌마들은 하나같이 짓궂게 마마 산드라에게 이런 질문들을 던지곤 했다. 산드라가 주일학교에서 돌아오면 아줌마들은 모두 모여 환한 얼굴로 그녀를 맞이했다.

그러면 그녀는 수줍어하며 대답했다. "산드라에요."

"성은 뭐니, 산드라?"

"나잉골란이에요, 이난구다★★."

이제 그녀는 늘 마마 산드라가 될 것이었는데, 이 말 역시 아주 간단하지는 않았다. "따님 산드라는 뭘 하나요?" 누군가는 이렇게 물어볼 것이었다.

산드라는 내 딸이 아니에요, 이난구다, 저예요. 바이슨이라는 아들이 하나 있었는데, 그애는 독약을 마셨어요.

독약을요? 왜요?

왜냐면 내가 그애더러 내 자식이 아니라고 했거든요. 그러고 나서 쫓아냈어요.

왜 그러셨어요?

그애한테 남자친구가 있다는 걸 알게 됐거든요.

★★ 아주머니라는 의미.

◆　◆　◆

　그래서, 이세 고아르무, 산드라?―그래서 산드라, 당신 이름이 뭐라고요?

　이세… 이세 고아르쿠, 이난구다?*―미안해요, 이난구다. 미안합니다, 근데… 내 이름이요?

　　◆　◆　◆

　마마 산드라는 베트리스가 적어준 대로 노이바이 공항에서 하노이 시내로 들어가는 86번 버스를 탔다. 차를 타고 가는 내내, 나른한 억양으로 끊임없이 오르내리는 여자들의 목소리가 들려왔다. 그들이 탄 버스는 커다란 다리를 건넜고, 그녀는 오래전 젊은 시절에 일자리를 찾아 자카르타로 향할 때 건넜던 팔렘방의 암페라 다리를 떠올렸다. 그때도 버스를 탔었다. 마마 산드라는 차장에게 종이를 내밀고 거기에 인쇄되어 있는 목적지를 손가락으로 가리켰다. 그곳에 도착하자 차장은 마마 산드라의 어깨를 톡톡 건드렸다. 마마 산드라는 롱비엔 버스 환승 터미널에 내렸다. 모든 게 계획대로 진행되고 있었다.

　택시 운전사들이 끊임없이 그녀를 불러댔다. 마마 산드라는 주문이

★　　이름이… 이름이 뭐라고요, 아주머니?

라도 외우는 것처럼 '미안합니다'를 반복했다. 그녀는 길을 건너 카페로 들어가 계란커피를 주문했다. 그것 역시 베트리스가 알려준 것이었다. 베트리스는 마마 산드라에게 택시 앱 사용법을 연습시켰다.

"남보루★★, 생명이 소중하다고 생각하면, 제가 하라는 대로 하세요!" 베트리스는 마마 산드라가 출국을 며칠 앞두었을 때 이렇게 소리를 질렀다. 그녀의 눈에는 오십대 여자가 혼자 외국 여행을 떠나는 게 자살을 하겠다는 거나 마찬가지로 보이는 듯했다. 마마 산드라에게도 마찬가지였지만, 이제 와서 어쩌겠는가? 이미 늦은 뒤였다. 마마 산드라는 여기에 와 있었다. "12345678"로 되어 있는 와이파이 비밀번호를 전화기에 입력한 다음, 그녀는 오빠와 베트리스에게 현재 상황을 알려주고 택시를 불렀다.

✦ ✦ ✦

베트리스는 고모의 예산에 맞추어 호안끼엠 호수 가까이 있으면서 가격도 싼 레알 하노이 호텔에 방을 예약해주었는데, 마마 산드라는 그 호텔을 찾느라 애를 먹었다. 호텔이 있다는 길을 처음부터 끝까지 걸어갔지만 공사 중인 건물밖에 보이지 않았다. 한참 뒤에야 그녀는 공사 중인 건물 옆에 있는 골목이 호텔로 가는 길이라는 걸 알아냈다. 마마 산드라는 조심스럽게 좁은 골목길로 들어섰다. 다행히도 첫

★★   부계 쪽 여자 친척을 부르는 호칭.

번째 모퉁이를 돌아서자 높고 좁은 주상복합건물—하노이의 건물들은 모두 이렇게 생겼다—이 눈에 들어왔다. 거기에 호텔 이름이 적혀 있었다.

칼라가 달린 하얀 셔츠를 입은 사내가 유리문을 열고 마마 산드라를 맞이했다. 접수 데스크 뒷벽에 항공 및 숙박 예약 사이트에서 받은 상장 액자가 걸려 있었다. 데스크 위에는 와이파이 네트워크 이름과 비밀번호—maria1234—가 적힌 종이가 비닐로 코팅되어 붙어 있었다. 마마 산드라는 그걸 보고 이곳의 주인도 자기처럼 기독교인일 거라고 짐작했다.

마마 산드라는 비행기가 이륙하기 전에 자신이 기도하는 걸 잊었다는 사실을 깨닫고 갑자기 당황했다. 그 비행기가 공중에서 폭발해 누군가에게 가족이고 친구인 수백 명이 그날 죽었다면, 그건 모두 자기 때문이라고, 마마 산드라는 겁에 질려서 생각했다.

접수원은 마마 산드라에게 601호실을 배정해주었다. 로비에 서 있던 포터 중 한 명이 마마 산드라의 가방을 품에 끌어안고 계단을 올라가기 시작했다. 엘리베이터가 없나보네, 마마 산드라는 그런 생각을 하면서 서둘러 그의 뒤를 따라갔다. 2층에 도착했을 때, 방문마다 101호, 102호라는 표지판이 붙어 있는 게 보였다. 그러니 지상층은 0층이었던 것이다! 마마 산드라는 힘이 쭉 빠졌다.

마침내 601호에 도착해보니, 복도에는 작은 탁자가 있고 그 위에는 부처상과 향이 놓여 있었다. 하지만 마마 산드라는 너무 피곤한 나머지 그게 눈에 들어오지도 않았다. 지금 그녀는 주인이 기독교인이라는 사실에 안도하고 있지만, 다음 날이면 그 제단을 보고 충격에 빠질 터였다. 일단 방 안에 들어선 그녀는 창문이 있는 호사 정도는 누릴 수 있는지 같은 것도 확인해보지 않았다. 마마 산드라는 완전히 탈진해 깊은 잠에 빠져들었다.

◆ ◆ ◆

애당초 마마 산드라의 계획은 하노이 관광을 즐겨보자는 거였다—그야 누군들 그러지 않겠는가? 아침이 되었고, 그녀는 가방에서 가장 밝은 색 옷을 꺼내 거울 앞에 서서 입어보았다. 계획은 넷째 날이 되었을 때 호이안으로 가는 첫 기차를 잡아타자는 것이었다. 그 전까지는 이 새로운 환경에 적응하면서 보내는 게 도움이 될 거라고 생각했다. 마마 산드라는 이 년 전에 베트리스가 크리스마스 선물로 준 무궁화 무늬가 인쇄된 블라우스를 골랐다.

마마 산드라는 포켓용 베트남어 관용어 사전을 손에 들고 호안끼엠 호수 근처를 산보하기로 마음먹었다. 베트리스가 가르쳐준 대로, 진열창 뒤에 있는 거대한 박제 거북이를 보러 어떤 사원에 찾아갔다. 멍청한 짓이었다. 진열창 안에 들어 있는 바이슨의 모습이 곧바로 떠올랐기 때문이다. 마마 산드라는 얼른 그 자리를 벗어나, 호숫가에 있는 벤치에 가서 흐느꼈다. 그녀는 가까이 있는 KFC에 가서 점심을 먹은 뒤, 다른 관광객들 사이에 섞여 탕롱 수상 퍼펫쇼를 보러 갔다.

마마 산드라는 한구석에 놓인 벤치에 여러 명의 사람들과 앉아 공연을 지켜봤는데, 단 한마디도 알아들을 수 없었다. 하지만 올라갔다 내려갔다 하는 나레이터의 목소리와 타악기 소리는 마치 꿈속에서 들려오는 소리 같았고, 무척이나 감상적이었다. 마마 산드라는 그 자리에서 다시 울기 시작했다. 워낙 소리 높여 새된 소리로 우는 바람에 옆에 앉아 있던 백인 관광객이 그녀에게 물었다. "괜찮아요?"

그녀는 나머지 공연 시간 동안은 울음을 참았다. 하지만 공연이 끝나고 서둘러 극장을 빠져나온 뒤, 아까의 호숫가 벤치로 돌아간 마마 산드라는 의식처럼 반복해오던 대로 다시 목놓아 울었다.

◆　◆　◆

그녀가 아들 이름을 바이슨이라고 지은 것은 그 아이가 아버지 없이 자라나야 할 처지이긴 했지만 그 이름이 남자답고 강하게 들렸기 때문이다. 그런데 어느 날 어린 바이슨이 펑펑 울면서 집으로 돌아왔다. 옆집 아이 아구스가 북미의 야생에 대해 배웠는데, 그중에 들소의 한 종류인 바이슨에 대한 내용이 있었기 때문이다. 그때부터 모든 아이들이 "바탁의 사생아 바이슨"이라고 아이를 놀려댔다.

그녀가 아들의 이름을 바이슨이라고 지은 것은 그 말이 "할 수 있다"라는 뜻인 동시에 "독"을 의미하는 "비사bisa"를 연상시켰기 때문이다. 그리고 그 말은 자연스럽게 비둘기의 순결함과 뱀의 간교함에 대한 성경 구절을 연상시켰다. 마마 산드라는 자신의 유일한 자식이 그렇게 크는 것만이 그 아이가 태어나 자라난 깊고 어둡고 습기 찬

우물과도 같은 삶에서 탈출할 수 있는 유일한 길이라고 여겼다.

그녀가 아들의 이름을 바이슨이라고 지은 것은 그녀가 입을 열어 그 음절들을 발음할 때마다 마음을 고요하게 만드는 어떤 느낌이 그녀를 감쌌기 때문이다. "바이"와 "슨". **바이슨, 바이슨, 바이슨.** 적어도 그 토요일 밤, 바이슨이 할 얘기가 있다면서 지난 석 달 동안 같은 대학에 다니는 솔로 출신의 세티아라는 이름의 이 년 선배와 데이트를 해왔노라고 고백하기 전까지는 그랬다.

✦ ✦ ✦

마마 산드라의 여행 계획이 바뀌었다. (1) 방에 머물고, (2) 작은 창을 통해서 도시와 호수의 풍경을 감상하는 것으로. 그 창문은 수도 없이 내린 비의 침전물이 번지면서 달라붙은 얄팍한 유리 때문에 실제 날씨와 관계없이 언제나 잔뜩 흐린 하늘만 보여주었다.

그녀는 새벽이 될 때까지 "마이 선my son"이라는 키워드로 검색한 이미지들을 하나씩 훑어보면서 시간을 보냈다. 그녀는 바이슨의 페이스북에 들어가서 그가 남겨놓은 사진들에 다시 하나하나 좋아요를 눌렀다. 그녀는 위키피디아에서 베트남과 하노이, 그리고 마이선을 건설한 짬빠 왕국의 왕들에 대한 역사를 찾아 모든 관련 자료를 빼놓지 않고 읽는 데 몰두했다. 유일하게 그 몰입에서 벗어나는 건 점심과 저녁 식사를 위해 가까운 KFC까지 걸어가 계산원과 대화를 나눌 때뿐이었다. "여기가 마음에 들어." 마마 산드라는 조카와 오빠에게 그렇게 문자를 보냈다. 매일 오후, 바이슨이 애용하던 진통제에 들어 있는 카페인이 그녀의 목울대에 단단하게 뭉쳐 있는 아우성을 부드럽게 만들어줄 때마다 눈물이 솟구쳐오르는 건 여전했지만.

모든 것이 영화의 플래시백 장면처럼 펼쳐졌다. 대화도 없이, 그리고 그 흐름을 깨는 춤과 노래도 없이. 마마 산드라의 나날은 아무런 음악도 없이 흘러갔다. 그저 계속되는 반복, 반복, 반복일 따름이었다. 마침내 나흘째 날이 되어 호이안으로 가는 기차를 놓치는 그 순간까지.

그녀는 접수 데스크에서 하루 더 체류할 계획인지 물어보기 위해 전화를 걸어왔을 때에야 잠에서 깨어났다. 머리가 지끈거리고 아직 정신이 멍한 상태에서 그녀는 "아니요"라고 대답했다. 그리고 그 결과 그녀는 호안끼엠 호숫가의 벤치에 다시 앉아 있게 되었다. 죽은 아들의 여행가방을 옆에 둔 채, 무얼 해야 할지 어디로 가야 할지 아무 생각이 없는 상태로.

◆　◆　◆

마침내 그녀는 자리에서 일어나 옷이 가득 들어 있는 여행가방을 끌고—옷은 하나씩 돌돌 말려 지퍼백에 들어 있었다(마마 앤턴이 짐을 쌀 때 도와주었다)—걷기 시작했다.

삶을 떠난다는 건 이런 거였다. 바이슨이 딱 이런 모습으로 대학으로 떠났다. 그녀는 지금 마이선이라는 지역으로 가는 길이었지만. 그런데 접수 데스크에 물어보면서 알게 된 내용에 따르면, 그 지역 이름은 마이선이 아니라 "미이센"이라고 발음한다고 했다. 그곳은 따라서, 당연히, 더 이상 마마 산드라가 가려는 곳이 아니었다. 오늘은 아니었다. 아마 내일도 아닐 것이다. 하지만 아직 파편으로나마 남아 있는 그녀의 영혼을 구원하기 위해서라도, "앤턴 엄마, 마침내 평화를 되찾았어"라는 메시지 한 줄을 보내기 위해서라도 그곳—미이센, 마이선, 내 아들, 나의 바이슨—에 가고자 한다면, 아직 다음 달까지 시간이 있었다.

일단 지금은 진통제에 계속해서 의지하는 수밖에 없었다.

✦ ✦ ✦

이세 고아르무?—이름이 뭐예요?

산드라, 이난구다. 통통 산드라 고아르쿠—내 이름은 언제나 산드라였다.

✦ ✦ ✦

그녀는 다시 사원으로 돌아왔다. 다리를 건넜다. 입장료 3만 동을 냈다. 그 지역 관광객들과 함께 입장했다. 타이거 맥주 재킷을 입은 중년 여인이 자신의 네 아이들에게 베트남어로 무어라 바쁘게 이야기하고 있었다. 마마 산드라는 다시 그 방에 들어가 유리 뒤의 거대한 거북이 사체를 마주하고 섰다. 그녀는 그 거대한 파충류에 시선을 고정시킨 채 진열창을 몇 바퀴 맴돌았다. 그녀가 위키피디아에서 읽은 바로는, 금거북이 신이 당시의 베트남 왕에게 칼을 한 자루 빌려주었다고 했다. 그 칼은 베트남을 중국으로부터 해방시키는 데 사용되었다. 전설에 따르자면, 왕은 그 칼을 신에게 돌려주었다. 그 칼은 지금 호수 깊은 곳에 감춰져 있다.

"안 보이지만, 거기에 있어." 며칠 전 쿠알라룸푸르의 공항 화장실에서 거울을 들여다보다가 그 전설이 떠올랐을 때, 마마 산드라는 그렇게 중얼거렸다.

이제, 사원에서, 마마 산드라는 다시 울기 시작했다. 주변 사람들이 당황해서 그녀를 주시했다. 마마 산드라는 타이거 맥주 여인이 어린 아들의 손을 잡고 자기 옆에 서 있는 걸 봤다. 아이는 푸른색 재킷을 입고 있었다. 아이의 뺨에 초콜릿이 묻어 있었다.

"This is my son." 마마 산드라는 진열창 안의 거북을 가리키면서 그 여자에게 영어로 말했다. 눈물이 뺨 위로 흘러내렸다. "This is my son." 왠지 그 여자가 자기 말을 이해할 수 있을 것 같았다. "This is my son, you know."

젊은 시인이 가슴이 찢어지고 나서도 살아남기 위한 안내서

젊은 시인이 가슴이 찢어지고 나서도 살아남기 위해 필요한 것들을 요약하자면 이렇습니다. (1) 버튼다운 셔츠 한 벌. 아주 밝고 화사한 걸로. (2) 휴지 한 장. 고급으로. (3) 러닝슈즈 한 켤레. 바닥이 튼튼한 것으로. (4) 말도 안 되게 어렵고 긴 이름을 가진 작가의 장편소설 한 권. (5) 빈 컵라면 상자 하나. (6) 조니 미첼의 《블루》 앨범. (7) 그리고, 이를테면 핀란드어 같은 외국어로 쓰여 있어서 "where"를 인도네시아어로 "dimana"라고 써야 하는지 "di mana"라고 쓰는 게 맞는 건지★ 고민하지 않아도 되는 책 한 권.

　—이제는 휴면 상태인 라와벨롱 젊은 시인의 커뮤니티 메일링 리스

★　'dimana'와 'di mana'는 둘 다 영어의 'where'과 같은 뜻을 갖지만, 전자는 후자에 비해 구어체에 가깝다.

그 일이 있고 나서 두 주가 지나면, 밝은 색깔의 티셔츠를 입고 평소의 두꺼운 안경 대신 콘택트렌즈를 끼세요. 그리고 사람들이 어떻게 지내느냐고 물으면 "처음에는 정말 힘들었다는 사실을 인정해야겠지만, 며칠 전부터 정말 괜찮아지기 시작했어요"라고 대답하세요. 처음부터 예상하고 있던 일이어서 조금도 상처를 받지 않았다는 말은 하지 마세요—아무도 안 믿을 겁니다. 월요일 아침 일찍 도서관으로 가세요. 주말엔 말고요. 그랬다간 사생활이 없는 사람이라고 생각할 겁니다. 평소에 좋아하던 자기 고백적인 시집들은 반납하세요. 더이상 필요없을 겁니다. 역사책—네덜란드의 식민지 정책이나 어린이를 위한 세계사 같은 것들—을 빌리세요. 도서관 사서가 물어보면 지난 삼백 년에 걸쳐 벌어진 일을 담은 장편소설을 쓰는 중이라고 대답하세요. 그 소설의 등장인물들 중 하나는 1929년의 증시 대폭락을 경험하게 되는 회계사라고 말해주세요. 당신이라는 존재는 늘 진행 중인, 늘 멈추지 않고 진행 중인 작업 그 자체라고 말해주세요.

친구에게 저녁식사 초대를 받으면, 전처럼 거절하지 마세요. 지금 데이트하고 있는 사람을 데려갈 수 있는 첫 기회라 하더라도 그러지 마세요—지난 상처를 극복하려고 지나치게 애쓰고 있는 것처럼 보일 겁니다. 귀여운 빨간 드레스를 입고, 망고를 한 봉지 가지고 가세요. 어쩌다가 어떤 과정을 거쳐서 연애가 깨진 건지 사람들이 물으면, 설명을 길게 늘어놓지 마세요. 예를 들자면 이런 대답들이 인기 있습니다. "우린 둘 다 책 읽는 걸 좋아했지만, 커플로 남으려면 그보다 더 큰 이유가 있어야겠더라고요." 아니면, "납득이 가더라고요, 그 친구한테 더 괜찮은 선택지가 생겼거든요" 하고 말하세요. 또는 "그 친구가 방귀를 너무 뀌어서 더 이상 참을 수가 없었어요" 같은 것들. 그 사람들이 묻지 않으면 당신이 꾸며낸 소설 집필 계획에 대해 굳이 거짓말을 계속할 필요는 없습니다. 사실 사람들은 별 관심이 없거든요.

누가 당신을 저녁식사 자리에 두 번째로 초대하면, 그땐 거절해도 좋습니다. 그 주말에 라와벨롱에 계신 부모님을 찾아뵐 거라고 하세요. 세 번째 초청을 받으면 받아들이시고요. 요즘 뭘 읽느냐고 누가 물으면 그냥 웃으세요. 그래도 물으면, 당신 작품을 준비하는 중간에 최근 지기 제즈시아제오비엔나자브리츠키Ziggy Zezsyazeoviennazabrizkie★가 펴낸 소설을 읽고 있다고 하세요. 아마 더 이상 뭘 물어보진 않을 겁니다. 누군가가 소개팅을 제안하면 고개를 끄덕여주세요. 어차피 그런 얘기는 대개 그냥 해보는 거니까요.

매일 아침 조깅을 하세요. 엔돌핀도 필요하고 당신만의 조용한 시간도 필요합니다. 아이패드는 가져가지 마시고요. 포케몬을 잡지도 말고요. 모든 신경을 내면에 집중하세요. 학교 친구들을 만나면 인사를 건네세요. 그들이 같이 달리지 않겠느냐고 권하면, 지금 달리는 코스로도 만족한다고 말해주세요. 만약 그 친구들이, 알았어, 하고 당

★ '인도네시아의 피터팬'이라는 별명을 가진 소설가. 1993년생인데 2010년부터 2023년 현재에 이르기까지 27권의 책을 펴낸 다작의 작가다.

신하고 같이 달리기 시작하면, "너무 좋아!" 그러고 웃으세요. 달리는 동안 콧노래는 부르지 마세요. 당신이 정적을 불편하게 여긴다고 생각할 겁니다. 그 친구들이 정치적인 것이든, 마음에 없는 말이든, 자기도취적인 것이든, 심지어 시적인 것이든, 아무튼 무슨 얘기를 하든 반응을 보이세요.

목요일 오후에는 학교에 가서, 한 주에 한 번 E빌딩에서 열리는 정치학 토론 세미나에 참석하세요. 그 전날, 그 주에 나올 강사가 쓴 에세이들을 찾아보고요. 그 글들을 소화하세요. 그리고 다시 읽으세요. 이런저런 예술과 정치적인 잡지들 사이트에 가서 공짜로 읽을 수 있는 기사들은 몽땅 읽어두세요. 그 잡지들에 뉴스레터 구독 신청을 하세요. 광고를 차단하세요. VPN★을 사용하세요. 목요일마다 플라스틱 연필통을 들고 다니세요. 세미나가 진행되는 동안에는 맨 앞줄에 앉으세요. 질의응답 시간에 깊이 있는 질문을 던지세요. "어, 질문은 아니고 코멘트도 아니고…" 하는 식의 말은 피하세요. 그런 말들은 재미도 없고 그런 세미나 자리에 적절하지도 않아요. 행사가 끝나고 다들 박수를 칠 때, 필통을 떨어뜨리세요. 그걸 기회 삼아 시간을 끄세요. 강사가 다가와 인사를 건네오면 찬사를 퍼부으세요. 그가 쓴 에세이들에 담긴 급진적인 생각들이 매혹적이었다고 하세요. 제목들 중 하나를 대면서, 그게 당신이 제일 좋아하는 글이라고 하세요. 반

★　Virtual Private Network. 실제의 IP 주소를 가상 IP 주소로 대체하고 데이터를 암호화시켜 네트워크를 보호하는 가상 사설망.

응이 신통치 않으면 작별인사를 하고 떠나세요. 전화번호를 물으면 알려주세요. 그 자리에서 커피나 한잔하자고 하면, 친구가 번개팅을 나가는데 같이 가기로 했다고 하면서, "언제든 같이 시간 보내고 싶으시면 전화 주세요!"라고 자연스럽게 덧붙이세요. 물론이죠, 그 사람은 물론이죠라고 할 거예요. 그러고는 당신이 세들어 사는 방으로 돌아가는 거예요.

쇼펜하우어나 섹스턴** 혹은 플라스***의 시집을 들춰보고 싶은 마음이 들 즈음 주말이 올 겁니다. 그런 욕구에 저항하세요. 그 대신, 친구들한테 연락해서 저녁식사나 같이하자고 하세요. 당신 방은 폴록****의 그림과 같은 상태일 테니까, 거기에서는 말고요. 세나얀 플라자에 있는 타이 식당에서 하는 건 어떤지 물어보세요. 두세 사람이 충분히 나눠 먹을 정도로 양도 많아요. 아홉시가 되면 잠자리에 드세요. 정신이 맑은 상태를 유지할 수 있도록 충분히 수면을 취하세요. 도저히 철학책을 읽지 않고는 못 견딜 것 같고, 불안감 때문에 밤에 잠을 잘 수 없다면, 버트런드 러셀의 《행복의 정복The Conquest of Happiness》정도는 읽어도 좋아요. 짧은 책이고, 처음에는 약간 염세적으로 시작하지만(핵심 메시지: 현대사회는 행복이 가능한 곳이 아니다),

---

** 앤 섹스턴Anne Sexton(1928-1974). 미국의 시인. 자신의 조울증과 자살충동 등 매우 사적인 이야기들을 다루는 시를 주로 썼다. 자동차 배기가스를 이용해 자살했다.
*** 실비아 플라스Sylvia Plath(1932-1963). 미국의 시인, 소설가. 고백적인 시를 많이 썼다. 심한 우울증을 앓다가 가스 오븐을 이용해 자살했다.
**** 잭슨 폴록Jackson Pollock(1912-1956). 미국의 화가. 물감을 뿌리는 방법론을 사용했다. 알코올 의존증 환자였고, 음주 상태에서 운전하다가 사고로 사망했다.

나머지 부분은 정서적으로, 또 지적으로 충분히 성숙한 내용을 담고 있습니다.

어느 날 밤, 엑스가 전화를 해올 거예요. 너무 깊이 생각하지 마세요. 분명히 새 남친이 너무 늦게까지 일을 해서 자기가 심심하다는 얘기일 거예요. 잊지 마세요. 그의 새 남친은 당신보다 훨씬 "더 예쁘고", 자바의 귀족 집안 출신이고, 가짜 영국 억양으로 말해요(잡담이라도 나누게 되면, 그 사내는 보라보라에서 휴가를 보내다가 방금 돌아왔다는 이야기를 별것 아닌 것처럼 말하면서, "dove"했노라고 할 거예요. 우리야 "dived"라고 하지만. "Yeah, dah-ling, I dove." 이럴 거예요). 만약에 당신 엑스가 물어보면, 정치학 토론 세미나에 막 다녀오는 길이라고 말해주세요. 틀림없이 입을 다물 거예요. 자기한테 차였는데 데이팅 앱에 웃통을 깐 사진을 올려놓고 발버둥을 치지도 않다니. 얼마나 기분이 상하겠어요. "정치학?" 아마 깜짝 놀랄 거예요. 그럼 가볍게 웃으면서 이렇게 말해주는 거예요, "아, 대단한 건 아니고. [이쯤에서 다시 한 번 웃어주고요.] 그냥 친구랑 같이 가주는 거야."

그럼 이렇게 물어보겠죠. "친구? 누구?"

"글쓰기 수업 같이 듣는 친구. 넌 몰라." 이렇게 말해주세요.

궁금해할 거예요. 하지만 더 얘기해주지는 말고, 거기서 멈추세요.

어느 날 밤, 십중팔구는 폭우가 쏟아질 때, 엑스가 전화를 걸어와 남친하고 깨졌다고 할 거예요. 자기 새 엑스는 자기 일에만 너무 몰두해 있었다고—그게 무슨 끔찍한 일이라도 되는 것처럼—할 거예요. 새 엑스가 자기 책에 커피를 다 쏟고는 "쏘리 다-알링. 커피가 쏟아졌네"라고 했다고 말하겠죠. 이해받는 느낌이 전혀 없었다고 할 거예요. 그러면서 자기가 잘못했다고 할 거예요. 지금 그는 세망기 지역의 교통 체증 속에서 옴짝달싹 못하는 택시 안에 갇힌 채 오로지 당신의 목소리를 듣기 위해 그의 핸드폰에 남은 통화 시간 전부와 상당한 양의 칼로리를 태우고 있는 중입니다. 그는 당신의 웃음소리를 그리워해요. "아까부터 계속 전화했는데, 안 받더라!" 그리고 오겠다고, 할 수 있으면 밤을 보내겠노라고 할 겁니다. "안아줄 사람이 필요할 때가 있잖아." 그럼 이렇게 얘기해주세요. "소설 쓰느라 바빠. 시간 날 때 전화할게."

매주 열리는 정치학 세미나에 다시 참석하세요. 정규 참석자가 되는 거예요. 어느 날 저녁, 기조 발표를 한 사내에게서 문자가 올 거예요. "근처에 있어요. 나올래요?" "그러죠"라고 대답하세요. 샤워를 하세요. 데오도란트를 바르고요. 외모 수준을 두고 1부터 10까지 점수를 매긴다면, 최소한 7 정도는 돼야 해요. 당신이 먼저 도착한다면 조명이 어둑한 자리—여드름 자국이나 주름살을 가릴 수 있는—를 고르세요. 그리고 탄산수만 주문하세요. **당신 없이 먼저 시작하고 싶지는 않았어요,** 라고 메시지를 전하는 거죠.

그 사람은 아주 기분이 좋은 상태로 나타날 거예요. 세미나에서 만났을 때 당신과 나눴던 대화를 생각하고 있었을 거예요. 별 내용은 없었지만 그 사람에게는 흥미를 자극하는 대화였죠. 지금 만나는 사람이 있느냐고 물을 거예요. "헤어진 지 얼마 안 됐어요. 누가 끼어들었어요. 제 전 남자친구는 정말 골치 아픈 사람이었어요." 이 정도로

만 얘기하세요. 당신이 자신의 성적 취향에 대해 그렇게 차분하게 얘기하는 걸 듣고 그 사람이 좀 당황할 거예요. 요즘 뭐 하고 지내느냐고 그가 물을 거예요. "평행해서 진행되는 이야기들을 둘러싼, 페테르 나더시Péter Nádas★가 보여준 것 같은 구조를 가진 소설을 쓰고 있어요." 그는 도입부가 어떻게 되느냐고 물어볼 거예요. 그럼 이렇게 얘기해주세요. "1929년 대공황에 직면한 회계사 얘기예요. 일종의 처세 얘기죠." 나중에, 조금 취하고 나면, 그 사람이 이런 멍청한 질문도 할 거예요. "사랑이란 대체 뭐죠?" 그럼 이렇게 대답하세요. "네덜란드의 식민지가 되는 거죠."

어느 날 밤, 당신 엑스가 멍청한 짓을 할 거예요. 당신 방에 남겨놓고 간 것들을 가져가겠다고 오는 거죠. 자기가 애착을 가지고 있던 것들─(1) 〈몬티 파이톤의 플라잉 서커스〉 불법 복제본 DVD들, (2) 현대 남성의 라이프스타일에 관한 엄청나게 많은 잡지들, (3) 그가 당신 방 앞 복도에 어정쩡하게 서 있는 동안 확인될 사항인데, 세 번째 건 없어요. "응 그래, 아무래도 이게 다인 거 같네." 방에 들어오라고 하세요. "괜찮아. 신발 안 벗어도 돼." 이렇게 말하면서요. 그가 뭘 찾는 동안 도와주지 마세요. 혼자서 뒤지기 시작하다가, 당신에게 요즘 어떻게 지내느냐고 물어볼 겁니다. 그럼 손짓으로 주변을 가리키면서 이렇게 대답해주세요. "보면 알잖아, 보드카. 보이는 그대로

★   헝가리의 소설가, 극작가. 2005년에 발표한 세 권짜리 장편소설이 《평행하는 이야기들 Parallel Stories》이다.

야." 지친 것 같지만 별 도리 있느냐는 분위기를 풍기면서요. 부엌으로 가세요. 컵라면을 상자째, 공짜로 내주세요. 그러면서 이렇게 말하는 거죠. "우리 관계 같은 거지. 빨리 소비되고, 암을 유발하고." 그가 작별인사를 하겠죠. 배웅 나가지 마세요.

다음에 세미나를 가면 그 강사가 자신이 좋아하는 책을 당신한테 빌려줄 거예요. 소설 쓰기를 시작하세요. 양질의 읽을거리에 대한 보답으로, 당신 원고의 한 부분을 보여주세요. 이따금, 늦은 밤에, 밈이나 실없는 유튜브 비디오를 보내주세요. 블록 M의 지하에 있는 헌책방에 데려가세요. 당신하고 그 사람 둘만 있게 되면 하루 종일, 한 주 내내, 한 달 내내 조니 미첼의 〈블루〉를 반복해서 틀어놓으세요. 그 사람이 그걸 견딜 수 있다면, 그는 당신하고 맞는 사람이에요.

그 강사가 자기의 부재중인 아버지에 대해 털어놓으면, 해산물과 채식만 하는 이들을 위한 파티를 준비하세요. 가까운 친구들은 모두 초대하세요. 그의 트위터를 확인해보고요. 그가 정말 읽고 싶어 하는 좋은 책에 대해 트윗한 걸 찾아보세요. 그 책의 핀란드어 버전을 주문하세요. 맥주 한 상자와 탄산수, 콩으로 만든 베이컨, 바로 튀길 수 있게 튀김옷을 입힌 연어 껍질, 오븐에 구운 땅콩, 야채만 넣은 프리타타, 참치 소세지, 고구마, 타피오카, 감자, 바나나 등으로 만든 각종 칩들을 사다놓으세요. 파티를 하기 전날 아침, 그 사람하고 단둘이서만 조깅을 나가세요. 그 사람은 운동을 거의 하지 않아요. 당신 체력에 놀랄 거예요. 파티에서는 당신의 가까운 친구들한테 "이 사람은 어쩌고저쩌고" 복잡하게 설명하지 말고 간단하게 소개하세요. 다들 궁금해서 미칠 거예요. 그 사람한테 맥주를 한두 잔 권하세요. 환타도 한두 잔. 그 사람이 마침내 화장실에 가면, 핀란드어 책을 꺼내세요. 그 사람이 테이블 위에 놓아둔 가방을 들고 방으로 가세요. 펜과 티슈를 준비하세요.

책을 그 사람 가방 안에 넣으세요. 하지만 그렇게 하기 전에, 책 사이에 티슈를 끼워넣으세요. 그리고 그렇게 하기 전에, 티슈에 이 시를 적으세요.

그는 내게 이 우기雨期에 모든 것을 돌려달라고 요구했다
그는 내게 이 우기에게 모든 것을 돌려주라고 요구했다

나는 그가 요구한 대로 이 우기에게 모든 것을 돌려주었다
이 우기에 우기에게 나는 우기를 요구했다

이 모든 시간 동안 그는 내게 우기의 색조를 주었다
이 모든 시간 동안 그는 나를 우기의 색조로 칠했다

이제 그는 내게 자신에게 우기를 돌려달라고 요구한다

그리고 나는 그것을 온전히 돌려준다

그리고 나는 온전히 돌아온다

거인에 관한 이야기에 관한 진실한 이야기

거인 이야기가 처음 내 의식의 문을 두드린 건 칠 년 전, 〈거인 남자에 대한 비밀스러운 역사〉라는 단편소설을 읽었을 때였다. 마나도의 화려한 불빛에서 차로 세 시간 정도 거리에 있는 자그마한 내 고향 마을, 그곳의 지역 게이 그룹을 대상으로 간행되는 커뮤니티 소식지에 실린 걸 본 것이었다. 내 사촌 제이미가 자기가 게이인지 아닌지 헤매고 있던 해였다. 나는 더는 견딜 수 없는 상태에 도달했기 때문에―그가 내게 마음을 털어놓을 때 다 이해한다는 듯이 고개를 끄덕여주었고, 영화 〈브로크백 마운틴〉에 나오는 잭의 피 묻은 셔츠 장면에서 그가 울음을 터뜨릴 때 그를 붙잡아주었다―시청에서 한 블록 떨어진 곳에 있는 어떤 개신교 교회의 회의실에서 열리는 게이 그룹의 월례 모임에 그와 함께 가주기로 했다.

우리는 "게이 코타모바구"를 검색하다가 이 그룹의 페이스북 페이지를 발견했다. 피드 상단에 이벤트에 관한 상세한 정보가 있었다. 모임 장소에 도착해보니 결혼식 피로연용 같은 녹슨 의자들이 두 줄로 반원을 그리며 놓여 있었다. 제이미와 나는 지겨워질 경우 바로 도망칠 수 있도록 입구에서 가장 가까운 곳에 놓인 의자에 앉았다. 중년 사내 하나가 소식지를 나눠주었다. 그는 가슴 부위에 밝은 노란색으로 "나에게 자유가 아니면 죽음을 달라"라는 글귀가 가로로 인쇄된 검은색 티셔츠를 입고 있었다. 당시 내게는 그 글귀가 만취한 사람이 늘어놓는 주정처럼 들렸다. 나는 행사가 시작되자마자 관심을 잃었고, 소식지를 뒤적이기 시작했다. 예술란에 거인에 대한 이야기가 실려 있었다.

썩 좋은 작품은 아니었다. 작가는 문장에 음악적인 느낌을 주려고 노력한 것 같은데, 어떤 부분들에서는 단어 선택이 작위적으로 느껴졌다. 인물이나 배경 같은 기본적인 사항들에서조차 그 단편은 수준 이하였다. 주인공은 거의 30라인란트 루덴rijnlandse roeden(작가는 식민지 시절에 사용하던 네덜란드식 도량형을 쓸 정도로 겉멋을 부리고 있었다), 혹은 거의 111미터에 이를 때까지 계속해서 자라난 젊은 사내였다. "실제 사실에 기초하고 있다"고 주장하고 있고, 수하르토의 손자가 백 퍼센트 사실이라고 보증하기까지 했지만, 불가능한 일이었다. 제목을 다시 읽으면서 내 의심은 더욱 강해졌다. 도대체 작가가 얼마나 뻔뻔스러워야 이런 이야기를 "역사!"라고까지 부르겠는가. 게다가 "비밀"이라니! 나중에 구글에서 작가를 검색해봤지만, 아무런 결과도 얻지 못했다. 필명을 쓴 게 틀림없었다. 그런데 웃기는 건, 그 이야기가 사라지지 않고 그것만 아니었으면 평온을 유지했을 내 마음의 표면에서 첨벙거리며 헤엄치고 돌아다녔다는 것이다. 아마도 그 이야기가 형편 없는 내 아버지의 고향인 북수마트라를 배경으로 하기 때문에 그랬던 것 같다. 그후로 며칠 동안, 아침식사를 할 때면—나는 늦잠 자는 걸 좋아했기 때문에, 남는 것 아무거나 먹었다—그 이야기가 생각나서 무언가를 먹다 말고 잠시 멈추는 일이 종종 있었다.

제이미와 나는 고등학교를 막 졸업한 뒤였고, 대입 시험 결과가 나오기를 기다리는 것 말고는 달리 할 일이 없었다. 우린 어리고 촌스러웠고, 친구들과 어울려 하릴없이 오토바이를 타고 돌아다니면서 대부분의 시간을 보냈다. 정육점집 아이가 돼지고기를 가져오고 생선가게 아이가 생선하고 오징어를 가져오면, 차례대로 이 집 저 집을 다니면서 뒷마당에서 바베큐를 하곤 했다. 당시에 나는 대책 없는 지루함을 모면해보려는 생각에 여자애 두 명을 만나고 있었다. 내가 제이쿱 랄라네 가족의 코코넛 농장 한쪽 구석에서 여자애 2와 뒹구는 걸 여자애 1이 보는 바람에 둘 사이에 싸움이 붙은 걸 말려야 했던 적도 있다. 엄마가 우리 땅을 일구다 돌아온 날 밤에는 가끔 같이 TV를 보았다. 한번은 자카르타의 강경파 종교인들이 나이트클럽과 가라오케 술집들을 두들겨 부쉈다는 뉴스 보도가 나왔다. 속에서 밑도 끝도 없이 질투심이 끓어올라 속이 쓰렸다. 만약 내가 자카르타에 살고 저런 또라이가 될 정도로 순진했다면, 나도 저 뉴스에 나올 수 있었을 거라는 생각이 들었다. 열정으로 번들거리는 저 눈은 다른 사람이 아닌 바로 내 눈이었을 것이다.

　그 시절에 있었던 가장 인상 깊었던 일은 제이미가 주말에 마나도에 가자고 한 것이었다. 우리는 제이미의 아버지가 제이미 할아버지의 코코넛 농장 한 귀퉁이를 팔아서 산 낡은 BMW를 빌렸다. 우리는 잘란삼랏 근처에 있는 싸구려 모텔에 방을 하나 얻었고, 시내 관광지를 모두 돌아다녔다. 말랄라양 해수욕장 근처에 있는 노점에서 시간을 보내다가, 한밤중에 큰길에 있는 맥도널드에 가서 밥을 먹었다. 입에 프라이를 잔뜩 우겨 넣고 입술에서 케첩을 뚝뚝 흘리면서, 나는 자카르타에서 사는 게 이런 느낌이 아닐까 상상했다.

　그렇게 지내다가 모텔로 돌아가기 직전에야, 이번 여행의 진짜 이유를 알게 됐다. 사실은 사촌 제이미가 데이팅 앱을 통해 누군가를 알게 됐는데, 그 사내가 그곳의 삼라툴랑기 대학에 다니고 있었던 것이다. 다음 날 아침에 일어나보니 제이미가 거울을 보며 몸단장을 하고 있었다. 그날 나는 어느 카페의 야외 자리에서 멀찌감치 떨어져 앉아 내 사촌이 첫 데이트를 하는 장면을 지켜보았다. 사촌이 만난 사내는 방금 헌혈이라도 하고 나온 것처럼 마르고 창백한 모습이었다. 몇 시간 뒤, 그 사내와 제이미는 내가 앉아 있는 자리로 다가왔다.

　"나 기다리지 마." 제이미가 말했다. "혼자 자는 게 무서우면 내 가방 안에 있는 묵주 쓰고."

제이미는 다음 날 아침까지 돌아오지 않았다. 나는 그가 그렇게 행복해하는 모습을 본 적이 없었다. 그는 내게 점심을 사주기까지 했다. 코타모바구에 있는 집으로 돌아오는 길에도, 나중에 엄마와 나를 마나도에 있는 공항까지 태워다줬을 때에도, 나는 분명히 알 수 있었다. 이제 제이미는 다른 사람이었다.

나와 엄마가 자카르타에 간 건 내가 그곳에 있는 최고의 대학 사학과에 붙었기 때문이다. 제이미와 여행을 다녀오고 나서 몇 주 뒤에 시험 결과가 나왔다. 엄마는 내가 메단에 있는 대학에 다니면서, 여전히 루북파캄에 살고 있는 아빠 쪽의 먼 친척들을 방문하고 싶은 마음이 생기는 날이 오길 기대하고 있었지만, 나로서는 그런 말도 안 되는 일을 고려해볼 생각이 전혀 없었다. 제이미는 마나도에 있는 삼라툴랑기 대학 토목공학과에 합격했다. 나는 제이미가 자카르타에 있는 대학에 가지 못해 실망하고 있을 거라고 생각했는데, 막상 전화해보니 그는 "어이 사촌, 최소한 우리 둘 다 원하는 대로 됐잖아"라고 말했다. 다음 전화 통화는 그로부터 한 달이 지나서야 이루어졌다. 우리는 각자 숙소를 찾고 오리엔테이션을 준비하느라 바빴다.

엄마와 나는 바렐―기찻길 뒤켠―지역, 즉 대학 기차역에서 가까운 곳, 기찻길 바로 옆에 내가 살 곳을 구했다. 방이 다섯 개 있는 2층짜리 작은 월세 전용 건물이었다. 주인은 그 건물에 '젊은이의 기숙사'라는 이름(그리 창의적인 이름은 아니었다)을 붙여놓았는데, 몇 분에 한 번씩 기차가 지나가면 바닥이 뒤흔들렸다. 나는 곰팡이가 잔뜩 슨 목욕탕을 다른 세 명의 세입자들과 함께 썼다. 베란다 옆방을 쓰고 있는 경제학 전공생은 더러운 팬티를 타월걸이에 걸어두곤 했다. 그 옷에서 나는 향기가 공기를 채우는 게 그리 드문 일은 아니었다. 그리고 그런 초호화 생활을 향유하는 특혜의 대가로 매달 50만 루피아를 내야 했다. 우리는 특별히 가난한 편은 아니었다. 이 금액은 엄마가 예상했던 것—최소한 엄마가 그렇게 주장한 것—보다 훨씬 적었다. 엄마는 내가 쓰지 않고 남긴 돈을 가져도 된다고 했기 때문에, 나는 더 좋은 숙소를 찾는 대신 그 돈을 모아두었다가 학기가 끝난 후 여행을 가기로 마음먹었다.

내가 그 거인에 대해 두 번째로 이야기를 들은 건 인도네시아 역사 개론 시간에 만난 같은 반 친구로부터였다. 나는 그가 자카르타의 일류 고등학교 출신이라는 걸 알고 있었는데, 오리엔테이션 기간에 누군가가 그애의 부모님은 사실 메단에 살고 있다고 전해주었다. 그는 수업이 끝날 무렵 강사들에게 질문을 쏟아붓는 버릇이 있었는데, 그것 때문에 수업이 늦게 끝나서 나는 좀 짜증이 나 있었다. 선생한테 잘 보이려고 하는 놈들은 어디에나 있고, 좋은 대학이라고 해서 예외는 아니었다. 그날 그는 역사적인 인물의 자서전이나 일기가 우리가 인도네시아의 지난날을 실제로 느끼는 데 중요한 역할을 할 수 있는데, 출판된 게 너무 적다고 불평을 늘어놓고 있었다.

도대체 무슨 소릴 하는 거지? 알 도리가 없었다.

하지만, 고백하건대, 그 친구가 자신있게 자신의 의견을 말하고 강사의 질문에 대답할 때마다 이따금씩 질투의 고통이 밀려오곤 했다. 나는 마음속으로 그가 우리—우리는 은근히 혹은 노골적으로 "선택받은 자"로서의 지위에 안주하고 있었다—가운데 가장 뛰어나다는 걸 인정해야 했다. 하지만 이 대학은 이 나라에서 가장 명문으로 인정받는 대학인데, 우리가 더 이상 무얼 어떻게 해야 한단 말인가? 나는 그의 탁월함 때문에 마음이 불편했다. 집을 떠나기 전에, 나는 역사 공부를 하는 건 단순히 디딤돌일 뿐이라고 가족 모두에게 선언했더랬다. 내년 입시철이 되면 나는 전공을 경영학이나 행정학으로 바꿀 계획이었다. 만약 그 일이 계획대로 되지 않으면 졸업 후에 바로 은행에 지원할 수 있도록 경제학 과목을 가능한 한 많이 들어둘 생각이었다. 내가 사학과에 지원한 유일한 이유는 지긋지긋한 코타모바 구에서 멀리 떠나 대도시에서 살고 싶었고, 사학과는 경쟁이 덜 치열하리라는 걸 알고 있었기 때문이다. 솔직히 말해서, 사학과 사람들은 다들 자기 가족을 등쳐먹는 일 외에는 지극히 무능한 인간들이라는 게 내가 지금껏 가지고 있던 생각이었다. 하지만 이 친구에 관한 한, 나는 완전히 틀렸다.

내가 이런 생각을 하는 와중에도 그 친구는 계속 말을 하고 있었다. 나는 창문을 통해 들어오는 햇볕에 반짝이는 그의 엄청나게 두꺼운 안경을 유심히 관찰했다. 그는 칼라가 달린 셔츠를 입고 수업에 들어오는 몇 안 되는 아이들 중 하나였다. 나로 말하면, 대개는 티셔츠에 여기저기가 조금씩 찢어진 청바지를 입고 다녔다. 좀 놀아본 애처럼 보여서 상급생들이 날 건드리려는 생각을 하지 못하게 하려고 내가 일부러 찢은 거였다. "그렇겠죠." 그 친구는 한숨을 쉬더니 입을 다물었다. 벌써 할 말을 다 한 건가? 아직 본론을 향해 접근하고 있는 중인 줄 알았는데. 하지만 그는 입을 열어 우리가 이 문제에 대해 같은 생각을 가지고 있고, 따라서 이 질문은 단순히 수사학적인 것에 불과하다는 듯한 태도로 물었다. "그러니까, 파룰리안 시 할락 간장에 대해 들어본 사람이 있긴 한 건가요?"

내 맥박이 빨라졌다. 왠지 모르게 익숙한 이름이었는데, 그 이유는 얼른 떠오르지 않았다.

그는 키가 111미터까지 큰 북수마트라의 소년에 대한 이야기를 꺼냈다. 그 소년은 인도네시아가 네덜란드의 식민지였던 시기에 타파눌리 지방의 숲에서 살았다. "전 할아버지 할머니에게 그 사람에 대한 이야기를 들었어요. 근데 왜 아무도 그 사람 이야기를 쓰지 않았을까요?" 조금 전보다 더 극적인 말투로 그가 물었다. 교실 전체가 침묵을 지켰다. 내 옆자리에 앉은 여자애가 블랙베리로 문자를 보내면서 키들거렸다.

그 일이 있은 후, 나는 다른 친구들에게 다가가 우리 반 친구가 한 말에 대한 그들의 생각을 들어보았다. 그 친구 때문에 수업이 더 길어져서 짜증이 났고, 그래서 몰래 그의 뒤에서 욕을 했을까? 복수를 계획하고 있었을까? 아니면 교내에 있는 호수로 끌고 가서 "오랫동안 이렇게 해보고 싶었어!"라고 소리치며 그를 두들겨패고 싶어 했을까? 하지만 내가 그 질문을 던졌을 때, 그들은 별 관심이 없는 듯 대강 대답하고는 하고 있던 축구 이야기를 과하다 싶게 열정적으로 이어갔다.

나는 방에 돌아와 늘 하던 대로 초저녁 잠을 잘 준비를 했지만, 잠이 오지 않았다. 그 친구에 대한 생각이 지워지질 않았다—나는 아직도 그의 이름을 모르고 있었다. 샤워를 하는 동안에도—셋집 동료가 걸어놓은 속옷의 향내를 벗 삼아—그를 머릿속에서 지워내지 못하고 있었다. 새학기가 시작된 지 한 달이 지났는데도 나는 다른 과 학생들은 말할 것도 없고, 수업을 같이 듣는 동료들과 관계를 맺는 데 어려움을 겪고 있었다. 그런데 오늘 놀랍게도 오래전에 내가 매우 특이하다고 할 수 있는 상황에서 발견한 이상한 이야기를 알고 있는 사람을 하나 알게 된 것이다. 나는 제이미에게 전화를 걸어 오늘 있었던 일에 대해 이야기했다.

"너 그 소식지 아직 가지고 있어?" 내가 물었다.

"어? 무슨 소식지?" 토목공학 기술자가 되기 위해 훈련을 받고 있는 내 사촌이 대답했다. 내가 하고 있는 이야기를 알아들으려는 어떤 노력도 하지 않는 게 너무나 분명해 보였다. 그는 신이 나서 재빠르게 화제를 돌렸다. "야, 사촌! 보난도 기억나지?"

보난도는 우리가 마나도에 같이 갔을 때 제이미가 카페에서 만난 사내였다. 나는 한숨을 쉬었다. "그래, 네 얘기 먼저 해봐."

제이미는 자기 이야기를 털어놓기 시작했다. 바탁 사람이지만 그가 태어나기 전에 부모가 자바로 옮겨온 보난도와 데이트를 하게 된 일부터 시작해서 얼마 전에 헤어지게 된 것까지. 이유는? 보난도는 자기가 제이미를 속이고 몰래 만나고 있던 사내가 자기한테 똑같은 짓을 했다는 사실을 알게 됐고, 정서적으로 완전히 무너졌다. 보난도는 어느 날 밤 제이미의 방으로 와서 엉엉 울면서 이 모든 사실을 말했다. 제이미는 화가 나서 보난도에게 집으로 돌아가라고 말했다. "그건 그렇고 헨리, 이모가 너는 왜 집으로 전화를 안 하는지 모르겠다고 계속 물어보시더라?"

즉각 짜증이 몰려왔다. 세 가지 이유 때문이었다. (1) 제이미가 실제로 "btw"*라고 말했다는 점, (2) 제이미가 보난도와 헤어지는 건 상당히 큰일이었는데, 나한테 전화 한 통 하지 않았다는 것, 그리고 (3) 보난도가 한 짓이 내 아빠를 연상시켰는데, 덕분에 엄마 생각을 하게 됐기 때문이다. 엄마는 내가 좀 더 나은 삶을 살 수 있도록 열심히 일만 하느라 자신의 좋은 시절을 몽땅 바쳤다. 아빠는 잠비에 숨겨놓은 여자친구와 결혼하기 위해 내가 다섯 살 때 우릴 떠났다.

엄마에게 전화해서 이곳에서 사는 게 행복하지 않다고 말할 수는 없었다. 그래서 전혀 대수롭지 않은 것처럼 굴었다. "다른 소식은 없어?"

"새 사람을 만났어." 제이미가 웃으면서 말했다. "두 사람."

나는 제이미에게 게이 남자들은 여러 명의 파트너를 가진다는 식의 고정관념을 확인해주는 것 같아 걱정되지는 않느냐고 물었다.

"헨리, 헨리." 제이미가 한숨을 쉬었다. "내가 아는 이성애자 놈들

★　"그건 그렇고by the way"를 줄여서 이렇게 쓰는데, 통화를 하면서 알파벳을 그대로 읽었다는 뜻인 듯하다.

은 다들 여자를 서너 명씩 사귀고 있어! 그건 뭐라고 불러?" 그의 목소리가 가늘게 떨리다 사그러들었다. "이성애 중심주의." 제이미는 이 말 한마디를 던지고는 입을 다물었다. 나는 그가 말을 마치기를 기다렸다. 하지만 제이미는 말을 이어나가지 않고 그 단어가 그것 자체로 허공중에 떠 있게 내버려두었다.

그러고 나서 제이미는 그의 새로운 정열의 대상들에 대해 두 시간이나 떠들어댔다. 하나는 약학과를 다니고 있고, 다른 하나는 치대생이라고 했다.

"내가 흰 가운에 끌리나봐." 그가 킬킬댔다.

이 말을 듣고, 나는 더 이상 아무 말도 하지 않고 전화를 끊었다.

◆ ◆ ◆

날들이 지나갔고, 나는 그 과 친구가 계속해서 자신의 우월함을 과시하는 데 점점 더 짜증이 났다. 나는 그가 혼자 떠들어대는 와중에 언급한 책 몇 권을 사기까지 했지만, 그중 단 한 권도 완독하지 못했다. 나는 정말 그 정도로 멍청한 건가? 어쩌다 내가 이 지경이 됐을까? 비참했다. 마치 내 인생에는 다리가 없는 것처럼, 나는 아주 약간의 진전이라도 이루기 위해 돌바닥에 배를 끌면서 나아가야 했다. 어느 날, 그가 또다시 중언부언하고 있을 때, 나는 조교에게 그에 대해 물어보기로 마음먹었다. 그리고 그의 이름을 알게 되었다. 퉁굴 시토루스였다. 그도 바탁 사람이었다! 그후 길을 가다 마주치면 나는 그에게 미소를 짓기도 했고, 그러면 그도 미소로 답했다. 그러는 동안 나는 그 거인에 대한 이야기는 모두 잊고 있었다. 그 이야기는 허공 속으로 흩어졌다.

중간고사가 끝난 뒤 나는 여자친구를 사귀었다. 이 이야기를 하는 이유는 내가 그 거인 이야기와 결국 어떤 식으로든 관계를 맺는 데 여자친구인 메타의 존재가 부분적으로 영향을 미쳤기 때문이다. 메타는 사학과 선배이기도 했다. 그녀는 학과의 사교 모임에서 처음 내게 말을 걸어왔다. 그녀는 이런저런 에큐메니칼 기독교 교우 모임 (ECF)에서 나를 한 번도 못 본 이유를 물었다. 그녀는 내 이름에 그레고리아누스가 들어 있는 걸 봤고, "자기가 본 게 맞다면 그건 가톨릭 세례명일 것"이라고 짐작하고 있었다. 나는 내 신분증에 "가톨릭"이라고 적혀 있긴 하지만, 사실은 무신론자라고 덤덤하게 대답했다. 그녀 역시 "오" 하고 덤덤하게 대답했고, 다시는 교우 모임에 대한 이야기를 꺼내지 않았다. 하지만 그 뒤로 학교 식당에서 마주칠 때마다 우리는 인사를 주고받았다. 그후 몇 주에 걸쳐 우리는 점점 더 가까워졌고, 학교에서 재즈 콘서트가 있었던 어느 날 밤 나는 메타에게 좋아한다고 말했다. 그리고 우리는 공식 커플이 되었다. 특별할 게 없는 얘기다. 솔직히 말하자면, 나는 우리의 관계라는 게 하나의 과정일 뿐이고, 언젠가는 메타보다 더 멋진 여자를 만나게 될 거라고 생각하고 있었다.

기말고사가 다가오고 있었다. 메타는 내게 어떤 부담도 주지 않았지만, 나는 점점 짓눌리는 느낌이었다. 사실, 메타가 주변에 없을 때 그녀를 그리워하고 그녀에게 나와 함께 시간을 보내자고 강요한 건 나였다. 어느 날 저녁 메타는 우리가 만나기 시작한 뒤로 자기가 책 한 권 제대로 읽거나 공부를 할 만한 시간을 충분히 가지지 못한다고 정색하고 말했다. "세계적으로 유명한 학자라도 되려는 거야?" 내가 비아냥거렸다. "오, 알겠다. 너 베네딕트 앤더슨*이지. 이제 그만 변장을 벗어버려!" 그녀는 나를 차갑게 쏘아보고는 자신의 숙소 거실에 나를 세워둔 채 방에서 나갔다. 그리고 물 한 컵을 들고 돌아왔다. "마셔." 그녀가 명령했다. 나는 말을 듣는 시늉을 하기 위해 조금 마셨다. "전부 다." 메타가 단호하게 말했다. 물을 다 마시고 나자 메타는 내게 말했다. "철 좀 들어. 우린 기저귀를 차고 서로를 쫓아다니는 어린애들이 아냐." 나는 볼이 달아오르는 걸 느꼈고, 품위를 잃지 않기 위해 그녀의 말이 맞다고 해줬다. 그러고 나서 나는 중언부언 내 가족 문제를 늘어놓기 시작했는데, 내가 너무 멀리 살아서 엄마가 걱정한다는 것부터 시작해서 결국엔 사학과가 나하고 전혀 맞지 않고, 아마도 그래서 내가 그렇게 불안해하는 것 같다는 고백에까지 이르렀다. 나는 메타가 나를 위로해줄 거라고 생각했는데, 막상 입을 연 그녀는 "지도교수한테 가서 진로 상담을 해봐"라고 말했다. 그녀의 목소리에서는 동정심의 흔적조차 찾아볼 수 없었다.

★　아일랜드 태생으로 미국에서 성장하고 활동한 학자 베네딕트 앤더슨Benedict Anderson 을 말하는 것으로 보인다. 박사논문에서 수하르토의 독재체제를 비판해 수하르토 체제가 무너지는 1998년까지 인도네시아의 기피 인물이었다. 18, 19세기 미 대륙에서 민족주의가 전개되는 과정을 다루면서 국가란 '상상된 공동체'라고 주장한 책 《상상된 공동체Imagined Communities》(1983)로 잘 알려졌다.

물론 나는 메타의 조언을 따르지 않았다. 제가 뭘 안다고? 메타는 너무 많은 시간을 책에 코를 박고 지냈다. 나는 그냥 내 기대치를 낮추기로 결심했다. 중간고사 결과와 과제 평가가 만족스럽지 못한 점을 감안하고, 내가 복도에서 인사를 건넬 때마다 각 과목 강사들이 보인 반응에 근거해서 내 수업 참여도 및 활동 점수를 가늠했다. 그 결과 인도네시아 역사 개론에서는 C⁺, 영어와 인도네시아어 과목에서는 아마도 A⁻가 나오리라고 예상했다. 나머지 과목들은 B 언저리일 것이었다. 최종 성적이 나왔을 때 나는 대학 도서관 컴퓨터 앞에 앉아 인도네시아 역사 개론 D에 평점 2.54라는 최악의 결과를 노려봐야 했다.

나는 (창피한 노릇이지만) 집까지 내내 울면서 왔다. 나는 집에 들어오자마자 제이미에게 전화를 걸었다. 인사말도 생략한 채 평점이 얼마나 나왔는지 물었다. 제이미는 실망스러운 성적이 나왔다고 우울하게 대답했다. 나는 일부러 밝은 목소리를 꾸며대면서 솔직하게 말해보라고 달랬다. "성공은 실패에서 시작되는 거야." 나는 광고에 나오는 문구를 갖다 붙였다. "맞아, 맞아, 맞는 말이야." 그가 말했다. 그러고는 마침내 자기 성적을 밝혔다. 3.54.

나는 모멸감을 느꼈다. 내가 그러고 있는 동안 제이미는 제도 펜으로 그림을 더 잘 그려야 한다는 둥, 기술 디자인 한 과목에서 C를 받았다는 둥 한탄하고 있었다. 그러더니 느닷없이 주제를 바꿔, 자기가 흰 가운을 입은 사내들한테 매력을 느끼는 게 아니었다고 하는 것이었다. 그 두 사람 이후로 세 명이 더 있었다면서. 토목공학과 선배 하나, 불교 수업—제이미는 A를 쉽게 받을 수 있다는 이유로 이 과목을 듣고 있었다—을 같이 듣는 경제개발 전공자 하나, 그리고 제이미에게 자기 조수 노릇을 해달라고 부탁한 젊은 조교가 그들이었다.

"조교의 조수가 하는 일은 뭔데?"

"조교네 대장의 신체적 요구를 충족시켜주는 거지." 제이미가 아무런 감정도 없이 대답한 뒤 갑자기 폭소를 터뜨렸다. 아마도 많은 사람들이 같은 질문을 던졌고(제이미는 늘 친구가 많았다) 이게 그가 미리 준비해둔 표준 대답인 것 같았다.

나는 이 대화를 계속하는 게 너무 괴로워서 얼른 통화를 마쳤다. 그후로 며칠 동안 상황은 더 암울해졌다. 메타는 자신의 학년에서 인문학부 전체 수석을 차지했다. 메타를 축하해주기 위해 함께 영화를 보러 갔는데, 그녀는 우리가 처음 만났을 때 내가 무신론자라고 주장하는 걸 듣고 내가 진지한 생각을 가지고 있는 사람인 줄 알았다고 반농담조로 말했다. "근데 괜찮아." 그녀가 말했다. "나보다 덜 똑똑한 사람하고 만나는 것도 관계없어." 나는 잠시 화장실에 다녀오겠다고 하고는 변기에 앉아 울면서 엄마 생각을 했다. 이제 엄마한테 연락하는 것은 매달 용돈을 달라고 할 때뿐이었다. 정말 질린 건 메타가 그러면서도 아침마다 예배를 드리고 우리 학부의 신입생세 명에게 영적인 멘토 역할을 하는 여유를 가지고 있다는 것이었다. 물론 멘토링이라는 게 그렇게 부담스러운 일은 아니었다. 이를테면, 예수와 요한 사이의 비밀 연애에 대한 성서적인 증거를 토론하는 등의 일이라기보다는 같이 밥이나 먹고 셀피나 찍고 하는 게 거의 대부분이었다.

영화관에서 돌아와서, 나는 메타에게 그녀가 그렇게 잘할 수 있는 비결이 뭐냐고 물었다. 물론 뭔가 괴이하기 짝이 없는 이야기를 하면 그걸로 위로를 삼아보겠다는 기대에서 던진 질문이었다. "열심히 하는 거지." 메타의 대답은 단순했다. 대답을 듣고 나니 화가 치밀어 올랐다. 그녀 앞에서 늘 바보처럼 보이는 게 지긋지긋했다. 무언가를 해야만 했다. 내 기도는 며칠 뒤 인문학부 게시판을 통해 응답받았다. 인문학부의 잡지 〈스튜던트 뮤징Student Musings〉에서 신입 기자와 편집자를 모집하고 있었다. 거인 사내의 이야기가 떠올랐고, 나는 지원하기로 마음먹었다.

퉁굴 시토루스 또한 지원자들을 위한 소개 모임에 나타났다. 제일 먼저 내 눈에 띈 건 그의 치아였다. 얼마나 희고 고르던지.

퉁굴은 나를 알아보고 옆에 와서 앉았다. "그러니까 헨리, 저널리즘에 관심이 있는 거야?" 나는 그가 내 이름을 알고 있다는 사실에 움찔해져서, 없던 관심을 급조해냈다. 혹시라도 필요할까 싶어 모임 전날 밤 이런저런 저널리스트들 이름을 구글로 찾아보았는데, 그게 실제로 쓸모가 있었다. 퉁굴이 내게 물어봤기 때문이다. 나는 카푸친스키의 작업을 높이 평가한다고 말했다. 퉁굴은 카푸친스키를 읽은 사람을 여태 한 번도 만난 적이 없다면서 기쁨의 비명을 질렀다. 서평가들은 《더 섀도우 오브 더 선The Shadow of the Sun》에 격찬을 퍼부었지만 자신이 제일 좋아하는 건 《트래블스 위드 헤로도토스Travels with Herodotus》라고 했다.

"너는 어때?" 그가 신이 나서 되물었다. "너는 카푸친스키 작품 중에 어떤 게 제일 좋아?"

"물론 《헤로도토스》지. 당연히." 내가 가짜 열정을 끌어올리면서 말했다.

그 순간을 기점으로 내 인생에는 새로운 목표가 생겼다. 마침내 내게도 친구라고 할 만한 존재가 생겼고, 나는 퉁굴과 함께 도서관에서 많은 시간을 보냈다. 나는 메타가 내게 했던 말을 그대로 흉내내서, 왜 ECF 행사에서 본 적이 없는지 물었다. "넌 완전히 기독교인처럼 보이는데." 내가 말했다. 그는 자기 부모가 각자 다른 종교를 믿는다고 대답했다. "나는 뭘 믿을지 아직 결정 못했어." 그가 진지하게 말했다. "아직은 그래야 할 것 같지도 않고."

나는 녀석을 한 대 때려주고 싶었다.

녀석은 종교 같은 사소한 문제에 대해 대답할 때조차 나를 감탄시키는 데가 있었다. 나는 녀석의 대답을 내 전화에 입력해두었다. 메타 1.0이 지나가고 메타 2.0이 나타날 때를 대비해서.

나는 제이미에게 전화를 걸어 퉁굴과 친구가 된 이야기며, 수업시간에 거인 사내의 이야기가 거론된 것에 대해 다시 이야기해줬다. 제이미는 거인에 대해 아무것도 기억하는 게 없었다. 또한 나는 내가 우리 학부 잡지의 보조 편집자가 되었다는 소식도 전해주었다. 선배들은 내가 글쓰기에 관한 한 독특한 어떤 리듬감을 가지고 있으며 ─ 그게 무슨 소린지 모르겠지만 ─ 특히 나처럼 독서량이 일천한 경우로서는 매우 독특한 경우라고 생각했다. "이게 내가 글쓰기에 재능이 있다는 얘기겠지?" 나는 칭찬을 듣고 싶은 마음에 그렇게 물었다.

제이미는 웃다가 사레가 들렸고, 이렇게 말했다. "그런 거겠지. 그런 거 같지 않지만."

나는 그에게 처음부터 전부 이야기해주었다. 게시판에서 공고를 본 것이며, 그로 인해 거인 사내에 대한 기억을 떠올린 것이며, 그래서 지원했다는 것까지. 그리고 나서 나는 우리가 코타모바구에서 찾아간 게이 그룹에 대한 소식을 물었다.

제이미는 그 그룹이 그리 크지 않다고 했다. 구성원은 대략 서른 명 정도이고, 공식 운영진은 다섯 명이라고 했다. "고향에서 그런 일이 어떻게 진행되는지 너도 알잖아." 제이미가 한숨을 쉬었다. 강령이나 선언문에 대해 토론하기 위한 회의도 열리지 않는다는 것. 매년 연말에 새로운 집행부를 구성하기 위한 선거도 이뤄지지 않고. 그리고 관심이 적기 때문에 심도 있는 대규모 토론 같은 건 전혀 이뤄지지 않는다는 것도. "제일 최근에 있었던 행사라는 게 다같이 모여서 〈키싱 제시카 스타인Kissing Jessica Stein〉을 본 거였어." 그가 말했다. "누가 해적판을 가지고 있었어. 1080픽셀로! 기가 막혔어." 제이미는 이탈리아인 만화가가 새 회원으로 들어왔다고 했다. 코코넛 건조회사에 투자를 한 사람인데 트랜스우먼이었다. 그녀는 사람들의 젠더나 성적 취향을 동전 뒤집듯이 쉽게 바꿀 수 있는 초능력을 가진 슈퍼히어로(스탈라)에 대한 부조리 계열의 그래픽 노블《스탈라Starla》를 만든 사람이었다.

"그거 좀 모욕적인 이야기 아닌가? 오해받기 쉬울 거 같은데?"

"헨리, 헨리, 그건 그냥 풍자야. 부조리주의까지 동원하지 않더라도. 그리고 작가가 트랜스라고. 그런 식의 농담이 그 사람이 세상을 견뎌내는 방식이야. 어이구 이 이성애 중심주의."

나는 전화를 끊었다.

✦ ✦ ✦

퉁굴과 친구가 된 덕에 내 성적이 급상승했다. 우리는 함께 공부하기 시작했고, 에세이를 쓸 일이 있을 때에는 내가 접근 방식을 선택하고 논증을 구성하는 데 늘 그가 도움을 주곤 했다. "항상 농부들 편을 들어." 퉁굴은 언젠가 그렇게 말했다. "그게 늘 옳아. 그리고—아무한테도 말하지 마—미스터 안드리는 사실 공산주의자야."

"말도 안 돼! 네가 어떻게 알아?" 내가 깜짝 놀라서 물었다.

"그가 페이스북에서 그렇게 말했어. 음, 그러니까, 아주 완전한 비밀은 아니네."

퉁굴은 내 글이 흐름이 자연스럽고 읽는 재미가 있다고 칭찬했다. 어떤 강사는 내가 시멘트 회사에 대해 쓴 에세이를 자기가 족자에서 친구들 몇 명과 함께 운영하는 좌파 성향의 잡지에 실어도 되겠느냐고 물었다. 두 번째 학기가 끝날 무렵 나는 세 과목에서 A⁻를, 그리고 다른 과목들에서는 B와 B⁻를 받았다. 나는 엄마에게 전화를 거는 일 정표를 짰고, 그대로 잘 지켰다. 나는 엄마에게 애당초 내가 생각했던 것보다 역사가 더 흥미롭고, 그래서 전공을 바꾸지 않을 계획이라고 말했다. "너 좋을 대로 해." 엄마가 말했다. 한번은 아버지가 전화를 걸어왔노라고 말했다. "아이한테 갑상선 문제가 있어서 돈이 필요하대." 나는 화제를 바꾸기 전에 간결하고 최종적으로 내 의견을 밝혔다. "아무것도 보내지 마세요."

메타의 생일에 우리는 마고씨티 몰에 있는 한국 식당에 가서 저녁 식사를 했다. 우리는 짝퉁 디자이너 의상과 가방들을 구경했고, 일종의 희망 비슷한 것을 느꼈다. "그러니까, 퉁굴이 읽는 걸 너도 읽는다 이거지?" 내가 최근에 잘해내고 있는 것의 비밀을 캐내려는 듯이 메타가 물었다.

그후, 나는 퉁굴이 수업시간에 언급하는 걸 듣고 사두었던 책들을 다시 한 번 들여다봤고, 이번에는 끝까지 읽을 수 있었다. 뿐만 아니라 메타의 신용카드 덕에 마침내 카푸친스키의 책들을 구해서 읽었다. 아이러니하게도, 《헤로도토스》가 가장 덜 인상적이었다.

어느 날 밤, 잡지 사무실에서 그해 마지막 호의 편집 작업을 마무리한 뒤 나는 퉁굴에게 나도 그 거인 사내에 대해 오래전, 고등학교를 졸업하기도 전에 읽어서 알고 있다고 얘기했다.

"말도 안 돼!" 퉁굴이 갑자기 심각해지면서 소리를 질렀다. "어디에서?"

"내 고향에 있는 어떤 게이 클럽 소식지에서." 내가 대답했다.

"헨리, 너 게이야?"

"난 아니고. 내 사촌이. 그때는 개도 반신반의할 때라서, 내가 따라갔거든."

"오." 퉁굴이 말했다.

이제는 내가 퉁굴에게 그 이야기를 어디에서 들었는지 물어볼 차례였다.

퉁굴은 망설이는 것 같았다. 그러더니 지갑에서 사진을 한 장 끄집어냈다.

그림을 찍은 것이었다. 말도 안 되게 거대한 발 위에 한 손을 얹고 있는 사내의 그림이었다.

"이분은 내 증조부야. 그리고 이건 거인 파룰리안의 발이고."

나는 그저 뚫어져라 쳐다보기만 했다.

퉁굴은 바탁 전쟁이 벌어지기 전인 1850년대에 살았던 파룰리안에 대해 이야기해줬다. 그 사람에 대해 남아 있는 역사적인 자료는 얼마 없었다. 그가 인간과 베구 간장—옛날 바탁 신화에 등장하는 키가 큰 존재—사이에서 태어난 존재라는 사실만 여기저기에 약간씩 언급되어 있을 뿐이었다. 어떤 이들은 파룰리안이 물라자디 나 볼론—바탁 전통 신화에 등장하는 신—이 중간계로 내려올 때 이용하는 살아 있는 디딤돌이라고 말했다. 중간계란 우리가 살고 있는 세계를 말한다. 파룰리안에 대한 언급은 그리 많지도 않았거니와, 그나마 있는 것들도 그의 존재를 증명할 만한 증거로 인정되기에는 부족한 것들이어서, 역사가들은 그에 대한 이야기를 민담 정도로 간주했다. 하지만, 퉁굴에 따르면, 한 가지는 확실했다. 파룰리안의 존재가 네덜란드인에게 두려움을 불러일으켰다는 사실이다. 산처럼 커다란 이 사내의 존재는 네덜란드 동인도회사(VOC)가 사파눌리로 지배 영역을 확장하는 걸 막았다. "게다가 VOC는 경제적인 관점에서 볼 때 그 지역에서 얻어낼 게 없다고 봤어. '바탁'이라는 명칭은 아직 존재하지 않을 때였고, 마을들끼리 별다른 왕래 없이 상대적으로 독립된 상태를 유지하고 있었지."

그런데 그 상태에서, 퉁굴의 말에 따르자면, 남쪽—서부 수마트라—과 북쪽—아체—에서 이슬람이 일어나면서 정치적 지형이 바뀌었다. 그러면서 VOC가 보기에 타파눌리가 중요해졌다.

VOC에서는 프란츠 융훈이라는 조사원을 파견했다. "융훈은 자기 책에는 파룰리안에 대해 한마디도 쓰지 않았지만, 바루스의 총독에게 보낸 비밀 편지에는 거인 파룰리안 시 할락 간장에 대해 아주 상세하게 썼어."

"정말? 뭐라고 썼는데?"

"요약하자면," 퉁굴이 말했다. "그는 파룰리안이라는 자가 산처럼 크지만 평화주의자라고 썼어. 무엇보다 파룰리안은 뇌가 보통 사람보다 천 배나 더 크기 때문에 엄청나게 높은 수준으로 생각할 수 있고, 따라서 그의 존재만으로도 그 지역의 평화를 유지할 수 있다고."

결국 VOC는 파룰리안을 자신들의 통제하에 둘 방법을 찾아냈다. 그들은 평화적인 선교사들을 보내서 파룰리안을 기독교로 개종시켰다. "아마 선교사들은 VOC가 감춰두고 있던 계획에 대해 몰랐을 거야." 퉁굴이 말했다. "그렇긴 해도, 그들은 그들 고유의 인종차별적이고 유럽 중심주의적인 사고방식을 가지고 왔지."

파룰리안은 세상의 죄를 없애기 위해 죽은 신의 현신, 예수 이야기에 흠뻑 빠져들었다. 파룰리안은 선교사들과 친구가 되었고, 그들이 좀 더 "근대적인" 마을―환자들이 의료 혜택을 받을 수 있는―을 짓는 일을 도와주었다. "당시의 의료 수준이라는 게," 퉁굴이 말했다. "예수가 활동하던 시절의 팔레스타인하고 완전히 똑같았거든."

화창하면서도 이슬비가 조금씩 뿌리던 6월의 어느 날, 파룰리안은 세례를 받았다. 그에게는 새로운 이름이 주어졌다. 요하네스. 예수가 사랑한 제자.

"그즈음 바탁인이라는 이름으로 알려지기 시작한 파룰리안과 타파눌리 사람들은 매주 산비탈 아래 계곡에 모여서 예배를 드렸어. 그리고, 우리한테 남아 있는 메모에 따르자면, 파룰리안이 신께 찬양을 드리는 목소리는 산 전체에서 다 들렸어."

하지만, 그의 이전 시대의 모든 사람들이 그랬듯이, 파룰리안은 세례를 받고 나서 얼마 지나지 않아 기독교의 어두운 면을 경험하게 됐다. VOC가 공격해온 것이다. 그리고, 누가 오른뺨을 때리거든 왼뺨을 내어줘야 한다고 신실하게 믿었던 파룰리안은 그들의 침략을 그대로 받아들였다. VOC는 파룰리안을 쓰러뜨리는 데 성공했다. VOC 군대는 그의 콧구멍 동굴을 돌로 메웠다. 어느 일요일 정오, 파룰리안은 마지막 숨을 쉬었다. "어쩌면 파룰리안은 대의를 위해 자신의 죽음이 불가피하다고 믿었을 수도 있어." 퉁굴의 어조에는 슬픔과 분노가 뒤섞여 있었다. "그 대의라는 게 무엇이든 간에."

"전쟁은 모든 걸 망가뜨렸어." 퉁굴이 자기 이야기를 마무리하면서 말했다. "파룰리안이 존재했다는 사실을 증명할 수 있는 것들도 대부분 사라졌지. 우연이지만 파룰리안은 내 조부모하고 같은 마을 출신이라, 나는 아직 그에 대한 이야기를 간직하고 있어 잠자리에 들기 전에 아이들한테 들려주곤 하는 몇몇 집안하고 연락해볼 수 있었어. 우리 친척들은 파룰리안에 대해 아는 게 하나도 없어. 어떤 게 천국행과 지옥행을 가르는가 하는 것에만 관심이 있을 뿐."

나는 완전히 충격받은 상태에서 자취방으로 돌아왔다. 파룰리안의 이야기는 사실이라고 하기에는 너무 터무니없었다. 퉁굴이 자신의 우월함을 과시하기 위해 나를 바보 취급하는 건 아닌지 의심스러웠다. 이건 정말이지, 여호수아가 전능한 신의 힘을 빌려 지구의 회전을 멈추게 했다는 성경 속 이야기처럼 들렸다. 하지만 이 이야기는 성경이 아니라 퉁굴의 입에서 나온 것이었다. 네덜란드의 두 번째 군사 침략 당시 숲으로 도망친 사람들이 감염되었던 피부병에 대해 '내러티브 저널리즘'★ 기사를 쓴 바로 그 퉁굴에게서. 대중적 글쓰기를 가르치는 강사가 "차세대 프라모에디아"라고 불렀던 퉁굴은 자료 조사의 진실성에 관한 한 의심의 여지를 거의 남겨두지 않았다.

거인 이야기는 나를 변화시켰다. 공강 시간에 나는 퉁굴과 함께 끊임없이 그 거인에 대한 이야기를 나눴다. 수많은 가능성이 존재했다. 그리고 불가능한 것들도. 파룰리안의 발 옆에 서 있는 그의 증조부 그림이 어디에서 나온 것인지에 대해서는 퉁굴 역시 "어떻게 알겠

★　가급적이면 건조하게 사실을 전달하는 전통적인 기사 작성법에서 벗어나 여러 가지 문학적 기법을 동원해 사건이 벌어진 정황까지 풍성하게 전달하는 것을 목적으로 하는 기사 작성 방식. '뉴 저널리즘New Journalism'이라고도 한다.

어? 엄마 말로는 할아버지가 심심해서 그리신 거라던데. 식민지 시대 건 아닐 거야"라고만 말할 뿐이었다. 때때로 나는 너무 많은 것을 너무 함부로 넘겨짚고 있는 것 같았고, 그래서 부끄러웠다. 하지만 그러다보니 어느새 퉁굴과 나는 가까운 친구가 되었다. 나는 농담 삼아 퉁굴을 "거인"이라고 부르기 시작했다. 나는 내 엄마와 아빠의 관계에 대해 이야기했고, 퉁굴은 자기가 살아온 이야기를 해줬다. 열일곱 살에 고등학교를 졸업한 것이며, 무슬림처럼 하루에 다섯 번 기도를 하고 금요일마다 모스크에 가야 했던 것, 그러면서 동시에 일요일 아침에는 미사에 나가야 했던 것 등등. "어느 해에는 부활절하고 이둘 피트리**가 이틀 차이로 있어서 정말 다행이었어." 퉁굴이 키들거렸다. "금식을 같은 달에 몰아서 할 수 있었거든."

"있잖아, 헨리." 퉁굴이 언젠가 이렇게 말했다. "나는 일곱 번의 생애 동안 천국에 쌓아놓을 공덕을 지금 다 쌓아둔 거 같아."

퉁굴이 이런 말을 하면, 나는 그저 웃을 뿐이었다.

◆　◆　◆

내 성적은 점점 더 좋아졌다. 네 번째 학기에는 모두 A를 받았다. 메타와 처음으로 섹스를 한 것도 그 학기였다. 메타는 여전히 자기

** 라마단 기간 동안 계속되어온 금식을 해제하는 축제이다. 기독교에서는 부활절 전에 오는 수난절 기간에 금식한다.

학년에서 수석을 차지하고 있었고, 최근 들어 조금 느슨해지긴 했지만 여전히 매우 신실한 종교인이었다. 메타는, 실망스럽게도, 우리가 결혼하기 전까지 더 이상의 섹스는 없을 거라고 못박았다.

제이미가 엄마와 함께 찾아왔고, 우리는 퉁굴도 데리고(메타는 자기가 "남편감을 찾으려고 안달하고 있다는 혐의를 피하기 위해" 우리 엄마를 만나지 않겠다고 했다) 판타지 월드에 가서 하루를 같이 보냈다. 제이미는 퉁굴이 귀엽다고 했다. 제이미는 퉁굴이 남자친구를 필요로 할 경우에는 언제든 자기한테 연락하라고 끊임없이 되풀이했고, 그때마다 나는 퉁굴이 확실히 이성애자라고 반복했다.

"이성애—"

"—중심주의?" 나는 그의 말을 중간에 잘랐다. 제이미는 이 정도로는 인상을 쓰지도 않았다.

다섯 번째 학기가 시작되면서, 나와 같은 학년의 사학과 학생들은 모두들 논문 주제를 잡느라 난리였다. 카페테리아에 죽치고 있으면서 축구나 섹스, 아니면 짝퉁 스포츠팀 저지를 파는 이야기로 일을 삼던 아이들조차 화제를 그리로 바꾸었다. 하지만 그들이 생각하는 거라고는 X박물관의 카탈로그에 대한 연구, Y찬디에 새겨진 조상의 모티프에 대한 주제적 분석 같은 낮은 차원의 것들이었다. 그들이 원하는 것은 졸업이 전부였다. 그들은 역사학에 의미 있는 기여를 해보겠다는 생각 따위는 전혀 가지고 있지 않았다. 메타는 칼리만탄의 쿠타이에서 자신의 논문을 위한 자료 조사 작업을 하고 있는 중이었기 때문에, 내가 조언을 구할 상황이 아니었다. 그래서 나는 대부분의 시간을 퉁굴과 함께 보냈다. 나는 다 잘될 거라고 믿고 있었고, 우리 둘 다 A를 받을 수 있을 거라고 확신하고 있었다. 그런데, 어느 날 밤, 우리가 도서관에서 나와 기차역을 향해 걷는 도중에, 퉁굴이 나를 좋아한다고 고백했다.

그의 말은 헤드폰을 끼고 기차길을 건너고 있던 학생을 덮친 기차처럼 나를 쳤다.

"그러니까… '친구'를 좋아하는 그런 것처럼?" 나는 침을 삼켰다.

"그러니까, 메타가 너를 좋아하는 것처럼." 퉁굴이 허둥거리면서 말했다.

나는 잠시 침묵을 지키고 있다가 마침내—퉁굴이 앞으로 내 논문 작업을 도와줄 것이었기 때문에, 조심스럽게—이렇게 대답했다. "퉁굴, 나도 널 좋아해. 하지만 제이미를 좋아하는 것처럼 좋아해."

퉁굴이 고개를 떨궜다.

나는 그의 기분을 달래주기 위해 이렇게 덧붙였다. "하지만 내가 게이였다면, 틀림없이 너와 사랑에 빠졌을 거야."

이 말을 듣고 퉁굴은 공원 벤치에 주저앉아 울음을 터뜨렸다. 나는 어떻게 해야 할지 알 수가 없었다.

나는 그의 옆에 앉아 어깨에 팔을 둘렀다. 퉁굴의 온몸이 떨리고 있었고, 나는 더 당황스러워졌다. 그래서 제이미가 한 얘기를 그대로 전했는데, 퉁굴은 흐느끼느라 눅어진 목소리로 "걔는 날 진정으로 이해할 수 있는 사람이 아냐" 하고 조용히 말했다.

나는 퉁굴이라는 이름으로 알려진 최고급 껍데기의 이면에 그런 존재가 숨어 있으리라고는 꿈에도 생각하지 못했다. 나는 그가 안쓰러웠고, 흐느낌을 멈출 때까지 그에게 팔을 둘러주었다.

그러고 난 뒤, 나는 퉁굴을 기차역 근처에 있는 포장마차로 데려가 저녁을 사주었다. 그는 거기서 차를 두 잔 마신 뒤—내 것까지 마셨다—자기 가족에 대한 이야기를 꺼냈다. 퉁굴은 자신의 부모 모두가 극단적으로 열성적인 신자들이고, 가정생활은 십자군 전쟁과도 같았는데 문제는 자기가 바로 예루살렘이었다는 것이라고 말했다. 아빠가 퉁굴을 교구 사제에게 데려가 대화를 나누게 했다는 걸 알게 된 엄마는 그 즉시 퉁굴을 쿠란 강독 과정에 집어넣었다. 그리고 엄마가 그렇게 했다는 걸 알게 된 아빠는 나가서 비교종교학책을 사다줬다. 계속해서 그런 식이었다.

"그런 게 늘 당황스러웠어. 부모의 종교가 각자 다른 집 아이들을 몇 알고 있었지만, 우리 부모 같은 사람들은 없었어. 왜 우리 엄마 아빠는 다른 부모들처럼 평화롭게 지내지 못했을까?" 목소리가 떨렸지만, 그는 평정을 잃지는 않았다. 퉁굴의 누나는 레즈비언이었다. 퉁굴의 부모는 퉁굴의 누나가 집에 데려와 같이 지내던 과 친구와 키스하는 모습을 본 뒤 딸을 집에서 내쫓았다. 퉁굴은 다섯 살 때부터 자기가 남자애들을 좋아한다는 걸 알고 있었다. 하지만 바로 그날까지 자신의 그런 성적 취향을 숨겨왔다. "우리 부모님한테 남은 건 나밖에 없잖아."

이 모든 이야기들에 들어 있는 부정적인 에너지가 나를 불편하게 만들고 있었다. 게다가 세탁소가 문을 닫기 전에 더러운 옷들을 갖다

줘야 했다. 나는 분위기를 바꾸기 위해 제이미의 아버지 이야기를 해줬다. 예비역 군인인 그는 제이미가 자신이 게이라고 고백했을 때 크게 웃어 젖혔다. "그 양반은 제이미가 태어나기도 전부터 그 사실을 알고 있었대." 나는 분위기를 가볍게 만들기 위해 그렇게 말을 꺼냈다. "제이미네 엄마가 제이미를 임신하고 있을 때 〈하이Hi!〉라는 잡지를 구독하겠다고 하셨거든. 삼십대 여자가 틴 매거진을 읽는다는 얘기 들어본 적 있어?"

퉁굴은 미소를 지었다. 다시 제정신을 찾기 시작하는 것 같았다. 제이미가 퉁굴에게 관심을 가지고 있다는 얘기를 다시 해줬지만, 퉁굴은 이번에도 그 얘기를 무시하면서 대신 학교 공부에 대해 이야기하기 시작했다.

그날 밤 나는 제이미에게 전화를 걸었다. 제이미는 한참을 웃고 나더니 "내가 뭐랬어!"라고 말했다. 하지만 제이미도 지금은 누구와도 새로운 관계를 시작하고 싶지 않다고 했다. 제이미는 여전히 토목공학과 상급생을 만나고 있었다. "이거 사랑인 거 같아." 제이미가 말했다. 전화기를 통해서도 그가 수줍어하는 게 느껴지는 것 같았다. 제이미는 내게 퉁굴에게서 잠시도 떨어져 있지 말라고 엄한 명령을 내렸다. "그래, 그래." 나는 그렇게 말하고 나서 전화를 끊었다.

하지만 그날 이후로 퉁굴이 변했다. 나를 피하기 시작한 것이다. 처음에는 그다지 눈치채지 못했지만, 점차 부자연스러울 정도가 되었다. 분명히 복도 저쪽 끝에 있는 걸 봤는데, 퉁굴이 갑자기 방향을 돌려 다른 쪽으로 걸어가기 시작하는 식이었다. 내가 이 문제를 지적하면서 왜 나한테서 거리를 두느냐고 물을 때마다 퉁굴은 내가 무슨 말을 하는지 모르는 척하면서 내 말을 되풀이했다. "내가 거리를 둔다고?" 그럴 때마다 나는 절박해졌다. 논문 제안서를 쓰는 데 애를 먹고 있어서 그의 도움이 필요한 상황이었기 때문이다. 퉁굴은 수업시간에도 점점 말수가 줄어들었고, 시간이 지나면서 건강 또한 나빠졌다. 강사 중 한 사람이 나를 불러 퉁굴에게 무슨 일이 있는지 물어볼 정도였다. 나는 최근 들어 사이가 좀 벌어져서 잘 모르겠다고 대답했다. 어쨌든, 내가 어떻게 할 수 있는 문제가 아니었다. 강사는 퉁굴이 네가라 이슬람 인도네시아(NII) 같은 극단주의 그룹과 모종의 관계를 맺는 게 아닌가 걱정하고 있었다. 그 그룹은 집에서 멀리 떨어져 생활하고 있는 학생들을 돌봐주면서 영향력을 키우는 경우가 종종 있었다. 나는 콧방귀를 끼면서 "어림도 없는 얘기예요"라고 말했다.

퉁굴은 NII 같은 데 관심을 가질 유형이 아니었다. 그보다는 오히려 인디고—종말이 다가오는 걸 늦추기 위해 한번에 몇 주씩 단식을 하는 이과대학의 학생 그룹—에 가입할 가능성이 훨씬 더 컸다. 볼 때마다 퉁굴은 점점 창백해져갔다. 눈 밑에 다크서클이 생기더니 시간이 지나면서 점점 상태가 안 좋아졌다. 그러던 어느 날, 나는 집요하게 그를 추궁하고 그는 나를 의심스러운 시선으로 쳐다보면서 고집스럽게 침묵을 지키던 끝에, 마침내 그가 입을 열었다. 아니나 다를까, 그의 치아에 검은 구멍이 뚫린 게 보였다. 게다가 전체적으로 얼마나 누리끼리했는지. 나는 퉁굴에게 화가 나기 시작했다. 나는 내 논문 준비에 그의 도움이 절실한 참이었다. 내 지도교수는 좀 더 손을 보라고 요구하고 있었고, 메타는 어떤 NGO 여성단체(나는 죽었다 깨어나도 그 이름을 기억하지 못할 것이다)에서 일하느라 다른 데 신경 쓸 여유가 전혀 없었다.

"도대체 왜 그래, 퉁굴?" 내가 물었다. "니 꼬라지 좀 봐!" 나는 내가 그의 논문 진척 상황에 대해 걱정한다는 사실을 먼저 꺼낼 생각이었다. 내가 오로지 이기적인 이유로 그를 걱정한다고 생각하게 하고 싶지 않기 때문이다. 하지만, 갑자기 깨달았다. 나는 그의 논문에 대해 알고 있는 게 하나도 없었다.

퉁굴은 졸려 보였다. 잠이 들기 직전의 사람 같았다. 퉁굴은 맥없는 미소를 흘리면서, 무거운 슬픔이 깃든 표정으로 웃었다. 그러고는 "아주 근사한 키스가 필요한 거 같아"라고 농담을 던지더니, 빌어먹을, 울기 시작했다.

나는 있는 대로 짜증이 나서 그를 공원에 혼자 버려두고 그 자리를 떠났다. 내 방에 돌아온 뒤 제이미에게 전화를 걸어 전말을 이야기해줬다. 제이미는 한참 동안 침묵을 지켰다. 다시 입을 열었을 때, 제이미의 어조는 차가웠다. "그러니까, 너는 그 친구의 감정을 받아주는 것도 불가능하고, 그 친구가 감정을 스스로 잘 추스릴 수 있도록 도와주지도 않았다는 거잖아?"

"내가 왜 그래야 해?" 내가 바로 맞받았다. "만약에 어떤 여자애하고 이런 문제가 있었다면, 난 아무것도 하지 않아도 됐을 거야!"

"그건 다른 얘기야." 제이미가 경직된 목소리로 말했다. "생각해봐. 게이들은 남을 보면서 배울 가능성이 별로 없어. 그 사람은 네 친구야! 그리고 지금 자기가 세상에서 가장 비참한 사람이라고 느끼고 있고."

"그럼 나는?" 내가 되받았다. "나는 보고 배울 사람이 있고? 우리 아빠 좀 바꿔줘봐. 아 참, 그 사람은 딴 데로 사라졌지!"

나는 전화를 끊었다.

✦ ✦ ✦

이 모든 상황이 지긋지긋해서, 나는 뒤늦게 낮잠을 잤다. 새벽 두 시에야 일어나 전화기로 손을 뻗쳤다. 구글에 "사랑 때문에 망가진 천재"라는 검색어를 넣어봤고, 몇 가지 결과를 얻었다. 하나같이 괴상한 이야기들이었다. 대개는 시인들이었고, 과학자도 몇 끼어 있었다. 나는 위키피디아에서 실비아 플라스에 대해 읽었고, **세상이 정말 개판**이라고 생각하면서 다시 잠들었다. 아침에 기차가 덜컹거리며 지나가는 소리에 놀라 나는 잠에서 깼다. 지도교수를 만나러 학교로 향했다. 도서관에서 만난 같은 과 친구가 어떤 학생이 달리는 기차에 몸을 던졌다는 이야기를 전해줬다. 더 이상 물어보지 않고도 나는 그게 누구인지 알았다. 퉁굴이었다.

퉁굴의 시신은 그날로 메단에 있는 그의 부모에게 보내질 거라고 했다. 사람들이 퉁굴을 그렇게 빨리 묻어버리려고 한다는 게 놀라웠다. 사람들은 퉁굴이 강도를 당한 뒤 선로로 떠밀렸을 가능성 같은 건 고려하지도 않았다. 자살 사건에서 흔히 그러듯이, 퉁굴이 정말 자살한 건지 증거를 가지고 논쟁을 벌이지도 않았다. 나는 지도교수의 연구실로 가서 두 시간 동안 면담을 하고 나와, 메단으로 향하는 비행기표를 끊었다.

퉁굴의 부모는 고급 주택단지에 살고 있었다. 나는 퉁굴과 고등학교 친구라고 소개했다. 다행히도 그날 밤 그 자리에는 그의 진짜 고등학교 시절 친구들이 아무도 없었다. 3층짜리인 그 집에는 자동차 네 대를 세울 수 있는 주차장이 있었다. 래브라도종 개 한 마리가 누군가가 옆문으로 나와 끌고 들어갈 때까지 조문객들을 보고 짖어댔다. 집 안에는 산호와 색색의 물고기들로 채워진 거대한 해수 수족관이 있었다. 퉁굴은 그날 밤 매장될 거라고 했다. 그의 모친은 자기 아들이 무슬림이기 때문에 반드시 그렇게 해야 한다고 고집했다.*

분위기가 달아오르기 시작했다. 퉁굴의 부친은—퉁굴이 썼다는 메모에 근거해서—퉁굴이 자신이 죽을 경우 기독교식 장례를 치르길 원했다고 주장했다. 퉁굴의 모친은 전혀 물러서지 않은 채 허공에 대고 자신의 주장을 되풀이했다. 퉁굴이 기차에 치여 죽었다는 사실에 대해서는 누구도 의문을 제기하지 않았다.

결국 장례식은 두 번 치러졌다. 퉁굴의 시신은 이슬람 전통에 따라 천에 감싸였지만, 비석은 십자가 모양이었다. 묘비명은 없었다. 나는 아무한테도 작별인사를 하지 않고 자카르타로 돌아오는 다음 비행기표를 샀다. 그날 밤을 공항에서 지새우면서 너무나 배가 고파 맥도

★   이슬람교에서는 사망 즉시 장례 절차를 준비해서 통상 사망 후 24시간 내에 매장한다.

널드에서 치즈버거를 두 개 사 먹었다. 이유는 모르겠지만, 치즈버거는 황홀할 정도로 맛있었다. 전에 마나도나 자카르타 어디에서 먹은 어떤 치즈버거보다 더 맛있었다. 빵이 달랐을까? 아니면 고기가? 자카르타에 도착하면 다시 사 먹어보고, 나중에 마나도에 돌아갔을 때에도 그렇게 해서 내 입맛을 확인해보자고 마음에 새겼다.

비행기를 타고 돌아오는 내내 나는 내 논문에 대해 생각했다. 논문은 이미 죽은 것이나 마찬가지였다. 총살형에 처해진 것만큼이나 확실히. 퉁굴이 사라진 마당에 이제 나는 어떻게 할 것인가? 비행기는 새벽 한 시쯤 소에카르노하타 공항에 도착했고, 나는 택시를 잡아탔다. 세망기에 이르렀을 때, 나는 운전기사에게 유료 도로에서 빠져나가 사리나 쪽으로 가달라고 부탁했다. 차에서 내려 펍으로 갔다. 거기에는 금발 머리들로 가득 차 있었다. 우리가 알고 있다시피, 사랑 때문에 망가진 수많은 천재들을 낳은 그 인종이었다. 인도네시아인들—내가 '우리'라고 부르는—은 그런 목록에 들어가거나 그런 사람이 될 시간이 없다. 문제가 너무 많다. 강제 퇴거, 가짜 백신, 반공산주의 폭동 등 헤드라인을 장식할 뉴스거리가 너무 많다. 나는 빈탕을 네 병, 테킬라를 스트레이트로 석 잔 마셨고, 테이블에 앉아 한참을 울었다. 웨이터가 다가와 현직 대통령이 누구냐고 물었다. 내가 제대로 맞히자 그는 "오, 잘했어요"라고 하고는 택시를 불러줬다. 나는 신발을 신은 채 침대로 기어들어갔다. 해가 뜨고 다시 질 때까지 계속 잤다.

　이번에는 내가 변했고, 나도 그 사실을 알았다. 나는 논문을 쓰려는 시도를 중단하고 하루 종일 천장을 노려보면서 시간을 보냈다. 내 전화기는 벌써 며칠 전부터 죽어 있었다. 메타의 부탁을 받고 친구가 찾아왔다. 메타는 아직 칼리만탄에 있었다. 퉁굴에 대한 이야기를 그녀도 알게 됐고, 내 걱정을 하고 있었다. 찾아온 친구가 남자였기 때문에 그 친구를 내 방으로 들일 수 있었다. 우리는 바닥에 주저앉아 이야기를 나눴다. "난 괜찮아." 내가 말했다. "좋지는 않지만, 괜찮아. 집에 가." 하지만 내 친구는 돌아가지 않았다.

　"울어." 그가 명령했다. 그의 말투 때문에 메타가 떠올랐다. 그래서 그의 어깨에 얼굴을 묻고 울었다. 그는 내가 울음을 그칠 때까지 오랫동안 나를 안고 있었다. 내가 울음을 그치자 그는 내게 샤워와 면도를 하라고 했다. 친구는 하루에 세 번, 나시 붕쿠스를 가지고 왔다. 비용은 모두 메타가 지불했다. 다른 사람들도 드나들었다. 퉁굴이 자취하던 건물의 경비원이 퉁굴의 교과서와 노트를 넣은 상자 네 개를 가지고 왔다. "그 친구의 부모는 받기 싫다네요." 그가 심드렁하게 말했다.

　한 주가 지났고—그동안 대부분의 시간을 잠으로 보냈다—나는 다시 기운을 차리기 시작했다. 다시 수업에 들어가기 시작했고, 대부분의 시간을 독서로 보냈다. 이제 퉁굴은 갔고 다시 오지 않을 것이었다. 나는 그를 다른 각도에서 보기 시작했다. 메타는 조앤 디디언이 남편을 잃고 나서 쓴 책을 보내왔다. 마치 내가 디디언이고, 퉁굴과 결혼을 했던 것 같은 기분이 들었다. 나는 그와 함께 읽은 모든 책들을 떠올렸다. 나는 생각했다. 오, 카푸친스키 씨, 나의 퉁굴이 아직 살아 있다면 어떤 글을 써낼 수 있을지 당신이라면 알 텐데. 공허했다. 아직 그에게 빚을 진 것 같았다. 실비아 플라스야말로 이 지구상에 살았던 이들 중 가장 분별력 있는 사람이었던 것처럼 느껴졌다.

학교로 가서 행정 직원과 한참을 실랑이한 뒤에야 퉁굴이 쓰려고 했던 논문의 제목을 알아낼 수 있었다. 사실은, 그의 죽음에 대해서도 그랬던 것처럼, 듣기 전부터 나는 본능적으로 이미 알고 있었다. 바탁 사람들의 거인 파룰리안의 역사적 증거에 대한 분석.

퉁굴의 지도교수를 만났더니 퉁굴은 서론에서 더 이상 진도를 나가지 못했다고 했다. 나는 퉁굴이 중단한 지점에서 시작해서 그가 하던 작업을 이어나가고 싶다고 그의 지도교수에게 말했다. 퉁굴이 선정한 주제의 온전한 기괴함에 매혹된 그 교수는 그러라고 했다. 퉁굴의 부모에게 문의해봤더니, 퉁굴은 가족이 가지고 있던 사료들을 모두 자카르타로 가지고 갔다고 했다. 하지만 퉁굴의 수업 관련 노트들을 모조리 뒤져봐도 파룰리안에 대한 건 한 페이지도 없었다. 어쩌면 모두 내버렸을까. 이 이야기를 내세에 가지고 가기 위한 방법으로.

메타가 연구 여행을 마치고 자카르타로 돌아왔을 때, 나는 잠시 시간을 가지는 게 어떻겠느냐고 제안했다. 내가 인생을 다시 시작할 준비가 될 때까지만이라도. 메타는 내 얼굴을 오랫동안 찬찬히 살폈다. 그리고 그러는 게 좋겠다고 동의했다.

나는 어떤 실마리도, 무얼 해야 할지 아무런 생각도 없는 상태에서 타파눌리로 떠나, 아주 밑바닥에서부터 파룰리안의 이야기를 조사하기 시작했다. 그가 존재했다는 증거를 가지고 있을 만한 사람이면 누구든 찾아갔다. 하리안보호의 한 시장에서 만난 어떤 노파는 자기가 가장 잘 아는 파룰리안은 자기 아들을 약물 과다 복용으로 거의 죽게 만들었던 마약 공급 조직에 소속되어 있는 자라고 말했다. 노파는 너털웃음을 터뜨리면서 "그 멍청한 녀석"이라고 했다. 노파의 아들은 지금은 간호사가 되기 위한 공부를 하고 있었다. 그 일을 제외하면, 내 자료 조사에는 중요한 어떤 것도 걸려들지 않았다. 어떤 박물관 직원은 웃음을 주체하지 못했다. "여긴 박물관이에요." 그가 낄낄거렸다. "독학에 관심이 있으면, 요즘 유행하는 칵세토 홈스쿨링 같은데 찾아가보세요." 그러면서 그 직원은 내 작업이 실패할 수밖에 없는 운명이라고 덧붙였다. 왜냐면 바탁 사람들에 대한 문서 자료는 심지어 네덜란드인들이 들어오기도 전, 파드리스가 타파눌리를 침공해서 모든 걸 쓸어버렸을 때 죄다 사라졌기 때문이라고 했다.

그 뒤로 나는 한 해 반에 걸쳐 북수마트라 일대를 돌아다녔다. 언젠가 자바 일주 휴가를 떠나려고 모아두었던 돈을 모두 썼고, 돈을 아끼기 위해 하루에 한 끼만 먹으면서 다닌 결과 체중은 25킬로그램이 빠졌다. 그러던 어느 날, 전혀 예기치 못했던 일인데, 파르토눈이라는 마을에서 전통 직물을 짜고 있던 나이가 무척 많은 노파의 입에서 파룰리안에 대한 이야기가—아주 짧게—흘러나왔다. 모든 사람들이 베르타 할머니라고 부르던 그 여인은 매년 어른의 키만큼 자라

다가 결국엔 산만큼 커져 신과 대화를 할 수 있게 된 어떤 소년에 대해 이야기했다.

그게 전부였다. 바탁 전쟁에 대한 이야기도, 선교사들에 대한 이야기도 전혀 없었다. 그게 네덜란드의 식민지였던 시절에 있었던 일이라고 하긴 했지만 말이다. 그녀는 그 이야기를 자신의 할머니한테 들었는데, 그 할머니는 또 자신의 할머니로부터 들은 이야기라고 했다. 베르타 할머니의 이야기에는 정보라고 할 만한 게 아주 조금밖에 없었고, 그나마 입증할 수 없는 것들이었다. 그즈음, 나는 이 논문을 끝마칠 수 없으리라는 사실을 깨달았다. 통굴이 없는 한 가능하지 않은 일이었다.

판구루란의 싸구려 모텔에서 몇 시간을 울고 나서 나는 이 모든 일을 초래한 그 소식지를 떠올렸다. 그리고 파룰리안 시 할락 간장에 대한 이야기를 쓰기로 마음먹었다. 역사가 아니라. 심지어 비사도 아니고. 일종의 우화를. 그렇게 하면 일어났을 수도 그렇지 않았을 수도 있는 일을 제대로 전달하기 위해 그토록 노력하지 않아도 될 것이었다. 나는 그저 이야기 작가로서 내가 하고 싶은 이야기에 집중하면 될 것이었다.

그 모텔 방에서, 나는 침대 옆 테이블에 놓여 있는 노트패드에서 한 장을 뜯어내어 이야기의 구성점을 하나씩 적어내려갔다. 그리고 거기에서 시작했다.

1. 옛날에 높은 곳을 무서워하는 한 소년이 살았다. 그의 이름은 파

룰리안이었다. 그 아이는 또래의 다른 아이들보다 항상 컸고, 시간이 지나면서 다른 아이들에게 점점 무서운 존재가 되었다.

2. 어떤 사람들은 파룰리안이 사람과 악마, 혹은 사람과 신 사이에서 태어났다고 했고, 심지어 악마와 신 사이에서 태어났다고 하는 이들도 있었다. 모든 이들이 파룰리안은 영원히 혼자 살아야 하는 운명이라고 믿었다. 하지만 그에게도 친구가 하나 있었는데, 그 아이는 비쩍 마르고 몹시 작았다.

3. 파룰리안은 매일 이 아이와 함께 놀았는데, 날이 갈수록 파룰리안은 점점 더 커졌다. 반면에 그 친구는 다른 아이들과 비슷한 속도로 성장했다.

4. 열 살이 되었을 때, 그 아이는 마을에서 제일 큰 나무를 꼭대기까지 타고 올라가서야 파룰리안과 대화를 나눌 수 있었다.

5. 비가 오는 날이면 그 아이는 탈람나무 잎사귀를 두 장 가지고 나무에 올라가 파룰리안이 그걸로 머리를 덮을 수 있도록 했다.

6. 파룰리안은 계속 자랐다. 어느 날은 선 자리에서 마을 외곽에 있는 집을 볼 수 있을 정도가 됐다. 파룰리안은 새들과 대화를 나누려고 했지만, 새들은 그의 말을 알아듣지 못했다. 파룰리안은 자신이 외로워지고 또 외로워지고, 거기에서 더 외로워지고 그보다 더 외로워지는 저주를 받았다고 생각했다.

7. 하지만 자신의 몸이 계속 마른 상태를 유지하도록 관리한 그 친구는 파룰리안의 몸을 타고 오를 수 있었다. 한 시간이나 오른 끝에, 그 아이는 파룰리안의 어깨에 도달했다. 그렇게 해서 두 사람은 대화

를 나눌 수 있었고, 파룰리안은 외롭지 않았다.

8. 다음 날, 그 아이는 한 시간을 오른 뒤 조금 더 올라갔다. 아이는 파룰리안의 머리 위까지 올라갔고, 파룰리안은 외롭지 않았다.

9. 한 주가 지난 뒤에는 그 아이가 파룰리안의 머리 위에까지 올라가는 데 세 시간이 걸렸다. 두 사람은 대화를 나눴고, 파룰리안은 외롭지 않았다.

10. 한 달 뒤, 그 아이는 하루 종일 올랐다. 두 사람은 대화를 나눴고, 파룰리안은 외롭지 않았다.

11. 두 사람은 그 아이가 늙어서 더 이상 파룰리안의 몸을 올라갈 수 없어질 때까지 이런 식으로 지냈다. 그 소년은 결혼을 하지 않았기 때문에, 이 일을 계속하라고 부탁할 자식이 없었다. 어느 날 그 아이가 죽었고, 아무도 파룰리안에게 그 이야기를 전해주지 않았다. 아이가 오지 않았고, 파룰리안은 외로웠다.

12. 파룰리안은 모든 희망을 잃고 울음을 터뜨렸다. 그의 눈물이 계곡과 언덕 위로 넘쳐 흘렀다.

13. 파룰리안은 자라고 또 자라 어느 날 구름에 닿았다. 그리고 수백만 가지 다른 빛깔로 빛나며 태양의 뒤켠에서 나올 존재가 신 말고 또 누가 있겠는가. **너는 두 번 다시 외롭지 않으리라.** 신이 말했다. 그리고 그때 신의 뒤에서 빼꼼 내다볼 사람이 그 자그마하고 비쩍 마른 아이 말고 또 누가 있겠는가. 이렇게 해서 그 아이와 신, 그리고 파룰리안은 대화를 나누고, 또 나누고, 또 나누었다…

그리고 이 모든 일이 가능했던 건, 이 이야기에서는 우리 모두가 유럽의 길다란 나무 팔이 닿지 않는 곳에 살았기 때문이다.

셋은 당신을 사랑하고, 넷은 당신을 경멸한다

사내는 자신의 셋방으로 들어간다. 우리가 서 있는 TV 앞에서 보면, 지금은 텅 비어 있는 책꽂이 옆에 예수의 형상이 없는 빈 십자가가 걸려 있는 게 보인다. 당신은 정말로 그가 머지않아 새 십자가를 사는 데 돈을 다 날릴 거라고 생각하는가? 어쩌면 십자가에서 그 반벌거숭이 사내를 떼어낸 건 그 사람 자신일지도 모른다. 만약에 그렇다면, 나는 그가 그 반벌거숭이 사내를 침대 밑에 던져 넣었을 거라고 본다. 그가 심지어 낡고 곰팡이 핀 거라도 물건을 내버리는 걸 얼마나 싫어하는지는 당신도 안다. 그가 솔직해진다면, 자신이 그 반벌거숭이 사내에게 복수하고 싶었다는 사실을 인정할 것이다. 어쨌거나 그가 교육받은 현대적인 인간이라는 사실을 명심할 필요가 있다. 그는 이름에 발음 구별 부호가 넘쳐나는 작가들이 쓴 책을 읽고, 자신의 부모에게 말대답을 할 수 있는 능력도 갖춘 사람이다. 그리고 그는 평등을 요구하는 시들을 쓴다. 최근에 들려온 소식에 의하면, 그는 심지어 전업 작가가 될 용기를 끌어모으기도 한 모양이다. 그는 엄청난 헐값으로 번역을 하면서 밤을 지새운다. 그는 남자친구가 친척을 방문하러 떠나고 나면, 야간 버스 안과 자기 방에서 운다. 그에게는 치과의사한테 갈 만한 여유가 없다. 그런데, 그럴 여유가 있는 사람이 과연 누가 있나? 치과의사한테 가는 대신, 그는 솜뭉치를 식용유에 담갔다가 불을 붙인다. 보라, 오 치아여, 정화되어라. 성화되어라, 오 치아여. 치유되어라. 그건 그렇고, 침대 밑을 들여다보라. 거기에서는 반벌거숭이 사내가 편의점에서 사온 비스켓 부스러기와 싸구려 초콜릿 조각에 기대어 하루하루를 근근이 연명하고 있다. 밤이 되고 방 주인이 에어컨을 켜면, 이 반벌거숭이 사내는 추위에 떤다. 하얀색 바닥은 툰드라의 황무지를 덮은 빙판이 되고, 반벌거숭이 사내는 절망에 빠져 비명을 지른다. 이렇게 사실상 벌거벗은 몸이어야 한다면 왜 모피 코트나, 최소한 두꺼운 담요라도 갖춰주지 않았느냐고. 부모와 말다툼을 하는 그자가 외출하는 낮 시간이면, 그 방은, 당연히, 숨막히게 더워진다. 환기가 잘 안 돼서라기보다는, 아예 안 되기 때문이다. 현대인이라면, 비용이 좀 들더라도 현대적인 주택에서 살아야 한다. 이 헐값의 번역가가 캠핑을 가거나 부모 집에 가서 머물면서 방을 비우는 밤이면, 반벌거숭이 사내는 누워서 눈물을 흘릴 공산이 크다. 사내는 그 방에 왜 십자가가 하나 더 없는지, 하나 더 있다면 십자가에서 떨어져나온 또 다른 사내와 친구를 할 수 있을 텐데, 하고 생각한다. 이제 반벌거숭이 사내는 마음속에서 정원을 디자인한다. 마음속에서, 자화상을 그린다. 이제, 마음속에서, 반벌거숭이 사내는 마음대로 움직이고, 자기 몸 안에 손을 넣어 자신의 갈비뼈 하나를 주물러서는 자신과 똑같이 생긴 사람을 만들어낸다. 그렇게 만들어낸 사람이 자신과 완전히 똑같기 때문에, 그 사람은 반벌거숭이 사내를 진정으로 이해할 수 있을 것이다. 이건 얼마나 멍청한 일인가. 자신이 그 지긋지긋한 붉은 살과 피, 그리고 창백한 피부와 뼈로 만들어진 게 아니라, 남이 훔쳐가거나 재활용할 수도 있는 석회암으로 만들어졌다는 사실도 깨닫지 못하고 있다니.

메탁수*: 자카르타, 2038년

이 세계는 닫힌 문이다. 그것은 장벽이다. 동시에 통과하는 길이다. 나란히 붙어 있는 감방에 수용된 두 죄수는 벽을 두드려서 의사소통을 한다. 그 벽은 두 사람을 갈라놓지만, 의사소통의 수단이기도 하다. 우리와 신의 관계도 마찬가지다. 신과 우리를 분리하는 모든 것들이 곧 연결고리다.

— 시몬 베유

아저씨, 지금부터 하려는 얘기는 제가 평소에 하던 고해하고는 많이 다를 거예요. 우리 모두가 기억하고 있는 잊혀진 수도, 자카르타에 살던 시절의 얘기예요. 당시 저는 네오 사방 애비뉴에 있는 고급

★   metaxu(혹은 metaxy)는 '사이', '사이성'을 뜻하는 그리스어다.

노래방에서 방 배정이나 곡 선정 따위를 하면서 칙칙하게 살고 있었어요. 전에도 한번 얘기한 적이 있죠. 좀 더 정확히 말하자면, 이 이야기는 제가 어렸을 때, 성질이 지랄 맞은 남동생하고 매일 싸우면서 살던 시절부터 시작돼요. 저는 동생에게 빈 기침약 병을 던지면서 녀석이 그거에 맞아 눈이라도 멀었으면 좋겠다고 빌기도 했어요. 그러다가, 저런, 제가 열세 살 때였는데, 그 병이 걔 왼쪽 귀에 맞고 깨져버렸어요. 그 바람에 걔는 귀를 잘 못 듣게 됐죠. 아저씨, 그게 제가 저지른 제일 나쁜 죄였으면 좋겠어요. 슬픈 건, 그렇지 않다는 거예요.

당시에 저는 두꺼운 책보다는 사람들이 버린 잡지나 읽으면서 인생의 고속도로를 배회하던 보통 여자애였어요. 기술철학 학위를 마무리하느라 인간 두뇌의 기억 재생과 관련한 메탁시스metaxis 현상에 관한 논문의 마무리 작업을 하고 있는, 아저씨가 지금 알고 있는 여자와는 다른 존재였던 거죠. 과거의 저였다면 "아저씨의 강론을 듣고 싶어서"라는 이유만으로 가톨릭 미사에 나타나는 일은 일어나지 않았을 거고, 그러고 싶어도 할 수 없었을 거예요. 그래도 그 아이를 유심히 살펴보면 미래의 저를 보실 수 있을 거예요. 알테코 글루로 붙인 같은 안경, 햇볕을 많이 받아서 얼룩덜룩해진 같은 코.

그때는 매일 아침 일곱 시에 삶이 시작됐어요. 동생이 저를 오토바이에 태워서 크란지 역에 내려주곤 했어요. 저는 매일 아침 웻티슈, 피부암 예방 크림, 민트 맛이 나는 목캔디 같은 것들을 싸서 나갔어요. 밤중에 집으로 돌아오다 칼에 찔리기라도 할 경우 신원 파악을

할 수 있도록 제 이름을 새긴 쇠로 된 인식표를 매단 목걸이도 했고
요. 누구나 그러듯이, 저 역시 늘 얼굴에 흐르는 땀을 닦으며 지냈어
요. 누구나 그러듯이, 모르는 사람하고는 한마디도 하지 않았어요. 보
통 여자애였던 거죠. 저는 수디르만 역에서 내렸어요. 거기서부터 직
장까지는 걸어서 갔어요.

H.I. 로터리에 도착하면 잠시 멈춰 서서 거기 있는 한 쌍—젊은 사
내와 손에 꽃다발을 들고 있는 여자—을 올려다보곤 했어요. 그 둘은
언제나 높은 곳에서 우리를 감시하면서 지켜봤죠.

그 조각상이 한때는 환영의 기념물로 불렸다고 아버지가 언젠가
얘기해줬어요. 아버지 앨범에는 그 조각상의 얼굴을 클로즈업으로
찍은 사진이 들어 있었어요. 아버지가 신문사 사진기자로 일할 때 카
메라 드론을 이용해서 찍은 거였죠. 물론 자동 사진 드론이 발명되
기 전의 일이에요. 그게 나오고 나서 아버지는 직업을 잃었어요. 십
이 년 전에 수도를 옮겼을 때, 전 열세 살이었어요. 제 동생하고 저는
구식 디지털 앨범을 들고 동네를 돌아다니곤 했어요. 그 앨범에는 우
리 아버지가 가장 자랑스러워하는 사진들이 들어 있었어요. 우리가
그걸 열면 동네 아이들이 구름처럼 몰려들어 지난날 영광스런 자카
르타의 모습을 들여다보면서 황홀해했어요. 부킷두리의 홍수, 모나
스에서 있었던 군중 기도회에 모인 사람들, 이 나라에서 처음 열렸던
프라이드 퍼레이드와 돌아가신 제 고모와 그녀의 여자친구가 거기서
즐거워하며 활짝 웃는 모습 같은 것들…

환송 기념물. 이 이름은 어떤 네티즌이 천도를 두고 실없는 농담으

로 붙인 거였어요. 하지만 곧 사람들 입에 오르내리기 시작했고, 대통령이 연말 연설에서 인용하면서, 이를테면, 공식화됐죠.

아저씨도 여기 팔랑카라야에서 태어나셨죠? 신부님 치고는 정말 젊으세요. 반면에 저는 부모님이 망명 생활 중일 때 태어났어요. 아마 아저씨는 그 기념물의 여자 조각상이 중상류층 여자를 모델로 한 거라고 생각할 거 같아요. 무엇보다, 꽃다발을 들고 있으니까요.

전혀 그렇지 않아요. 그 시절에는 꽃이 사치품이 아니었대요. 최소한 우리 아버지가 저한테 얘기해준 바로는 그래요. 옛날에는 사랑하는 사람을 꽃다발로 환영하는 게 보통이었대요. 상상해보세요.

이제는 그 기념물에 새 이름이 붙었으니까, 새로운 시나리오를 써볼 수 있어요. 그 꽃다발은 여자가 사랑하던 사람이 헤어지면서 건네준 거예요. 그 사람은 팔랑카라야에 있는 타이 식당에서 간단한 메뉴를 담당하는 요리사 자리를 얻어 떠나게 됐거든요.

아니면 그 여자는 단순히 공항으로 가는 톨게이트 옆에 떨어져 있던 꽃다발을 주운 것일 수도 있어요. 잘 살피기만 하면 길거리에서는 별별 게 다 있거든요. 성경에도 그런 말씀이 있지 않나요, 아저씨? 구약에요. 분명히 그랬던 거 같아요.

◆ ◆ ◆

우리는 그 4층짜리 건물의 제한된 구역에서 하루 종일 일했어요. 저랑 같은 일을 하는 동료하고 저 말예요. 하늘에서 엄청난 기회가

뚝 떨어지길 기다리면서 말이죠. 저희 생활이라는 건 너무나 예측 가능하고 너무나 뻔한 것이어서, 어떤 날은 그냥 맥 놓고 인생이 우리를 지나쳐가도록 내버려두곤 했어요. 대학생들은 주중—대개는 수요일—의 할인 시간대에 몰려오곤 했어요. 공부하는 걸 지겨워하는 정부 관리네 자식들은 라디오에서 유행하고 있는 것들만 골라서는—다음, 다음, 다음!—절대로 끝까지 부르지 않고 후렴구만 한 뒤에 다음 곡으로 넘어가곤 했어요. 걔들은 늘 네다섯 명씩 몰려 다녔어요. 그리고 하도 소란스럽게 놀아서 제일 끝방에 넣어주곤 했어요.

금요일 밤에는 가추 지구의 회사원들이 클라이언트들을 데리고 왔어요. 대개는 인도인이거나 중국 사람들이고, 이따금 백인들을 데려오기도 했어요. 맥주를 박스째 들여갔죠. 프라이드치킨 윙을 바구니째 들여가고요. 저희는 그 클라이언트들 점수를 마구 올려주다가 마지막 삼십 분이 남으면 손님들이 사업상 거래를 마무리할 수 있도록 입을 닥치고 있으라는 교육을 받았어요.

부잣집 사모님들은 어땠냐고요? 주중 대낮에 안드로이드* 집사들을 달고 다니죠. 물론 VVIP 룸으로 모시고요. 점심 메뉴는 이런 것들이에요. 간자 콜라. 아이스 리치 티. 삼발 마타네즈를 곁들인 싱콩 칩.

그리고 백인 관광객들이 있어요. 그리고 어떨 땐 연구자들 약간. 오래된 도시의 휑한 폐허를 멍하니 바라보러 온 사람들이죠. 빈탕 맥주 몇 캔. 갈릭 넛츠. 새우 크래커. 그런 거 있잖아요. 백인들이 좋아하는

★   문맥상 로봇을 말하는 듯하다.

것들.

마지막으로는 우리예요. 사장이 일찍 들어간 날의 늦은 밤 시간. 느린 노래, 흘러간 노래, 사람들이 고르지 않은 노래들—우리가 그 노래들을 불러줘야 지워지지 않고 계속 리스트에 남아 있거든요.

◆　◆　◆

그 노래방의 원래 상호는 '귀에서 귀로'인데, 거의 대부분의 사람들이 '기울인 귀'라고 불렀어요. 왜냐면 접수대에 묘한 파란색(하늘색과 일렉트릭 블루, 마조렐 블루를 섞은)으로 인쇄된 이런 사인이 붙어 있었거든요. **당신을 위해, 우린 늘 귀를 기울이고 있습니다.** 아저씨도 이 사인을 읽었다면 어떤 신비스러운 고요함이 몸을 감싸는 걸 느끼셨을 거예요. 그 사인의 색감이 정확히 그런 효과를 위해서 디자인된 거였거든요. 최고 수준의 색채 전문가—파슨스 대학을 나온 사람이라고 했어요—가 그 도시 주민들의 심리적인 기질을 몇 주 동안이나 연구해서 만들어낸 거였어요.

우린 안드로이드가 시중을 들고 최첨단 곡 선정 시스템(**피치 포크사 2037년의 최고 노래방 앱! 먼로 캐넌이 오로지 당신만을 위해 보너스 노래 리스트를 손수 선정해드립니다!**)을 보유하고 있는 다른 고급 노래방들하고는 좀 달랐어요. 저희 가게의 매력은 어느 시대에나 통하는 아주 솔직한 방법에 있었어요. 실제 채점 전문가에게 당신의 실력을 보여주세요! 유기적으로 생성된 점수와 함께 기계가 제공하는 평가와 농담도 나와요. "훌륭한 선택입니다!" 아니면 "목소리는 정말 매끄럽지만, 음정을 잘 지키세요!", 혹은 "이게 누구죠? 세상에. 초기의 머라이어처럼 들리네요!"

5DX는 없어요. 홀로그램 변환 기능 같은 것도 내장되어 있지 않아요.

잘난 척하는 학생들이 기계를 헷갈리게 하고 싶어 하게 만드는 멋진 다국어 음성인식 기능 같은 것—"Chúng tôi muốn All I Want for Eid Mubarak Is You by Aeesyah!"*—도 없어요.

그냥 우리만 있어요.

✦ ✦ ✦

우린 꼭대기 층의 가로세로 2미터 정도 되는 정사각형 방에 줄지어 앉아서 일했어요. 어느 날 아저씨가 거기에 들러서 들여다봤다면(당연히 가운은 입지 않으셔야겠죠) 이런 게 보였을 거예요. 이십대 초반에서 중반에 이르는 젊은 애들이 저질의 물 때문에 누리끼리해진 업소용 흰색 셔츠를 입고 우르르 모여 있는 모습. 보타벡에서 나고 자란, 도시의 변두리 출신 아이들. 너무 가난해서 대개는 잘해봐야 고등학교까지만 마친 아이들. 밤근무 동안 마스카라와 콜이 녹아내리는 바

★　Chúng tôi muon은 베트남어로 "우리가 원하는 것"이라는 뜻이고, All I want for Eid Mubarak is You는 '좋은 명절'이라는 의미의 아랍어와 합쳐서 "좋은 명절을 위해 내가 원하는 건 당신뿐"이라는 의미이다. 다국어 음성인식 장난의 예로 든 문장이다.

람에 태운 닭껍질처럼 시커메진 다크서클이 눈 밑에 늘어져 있는 아이들.

아저씨가 우리한테 이런저런 걸 물어보고 싶을 정도의 관심을 가지고 있었다고 해보죠. 아마 우리 중 꽤 여러 아이들이 빠르고 단순한 대답을 내놓을 수 있었을 거예요. 제 꿈은 팔랑카라야로 이사 가는 거예요. 길거리 가수로 몇 달을 보낼 수도 있겠죠. 그러다가 매니저를 구해요. 그리고 TV로 중계되는 잘나가는 사람 결혼식에서 노래를 부르다가 픽업되는 거예요. 첫 히트곡을 내봐요. 근데 그럴 리가요, 수도로 가는 편도 티켓을 손에 넣기도 전에 이 가게로 오라는 전단지를 먼저 집어들었단 말이죠. 우린 열심히 고개를 끄덕이면서 아저씨가 묻는 모든 질문들에 다 대답해요. 음악을 좋아하나요? **네.** 가요계로 들어가고 싶은가요? **그야 물론이죠!** 그리고 고전 중의 고전인 질문. 자신을 바꿔볼 준비가 돼 있어요?

당연하죠.

✦ ✦ ✦

하지만, 아저씨, 이런 게 있어요. 제 동생도 바로 그 전단을 봤어요. 어떤 일요일 날, 내가 그애한테 말하지 않고 기울인 귀에서 일하기 시작한 지 며칠 됐을 때였는데, 그애가 그걸 저한테 보여주는 거였어요. "누나, 나 여기서 일하고 싶어." 그렇게 말하더군요.

전 아무 말 없이 그 자리에 앉아서 동생이 방금 제게 건네준 그 전단지를 노려봤어요. 전 그애의 속내를 알고 있었어요. 그애는 아버지가 보고 싶어서 그 일을 하고 싶어 한 거였어요.

사진기자 직에서 잘리고 나서 우리의 한심한 아버지는 별별 직업들을 전전했어요. 세차를 하기도 했고 치카랑에 있는 섬유 공장에서 일하기도 했어요. 멘텡에서는 부잣집 정원 관리하는 일부터 시작해서 사진가에 대한 역사소설을 준비하는 누군가를 위해 자료를 제공해주는 일도 했어요. 꽤 오랫동안 일이 없을 때에는 집 안에서 왔다 갔다하면서 음악을 듣는 걸로 시간을 때웠어요. 저하고 제 동생은 집 밖을 돌면서 알아서 컸어요. 저는 동네 미용실에서 허드렛일을 하면서 푼돈을 벌었어요. 저나 동생이나 아버지가 좋아하는 노래들을 참아줄 수가 없었어요.

하지만, 몇 년 뒤에 아버지가 자살하고 나서, 동생하고 저는 집으로 돌아왔어요. 우리 자리를 찾은 거죠. 아버지가 그렇게 좋아하던 노래들을 들었어요.

하실 수 있다면 머릿속으로 그림을 한번 그려보세요. 저는 플라스틱으로 짠 자리 위에 비스듬히 누워서, 아버지의 것이었던 옛날 잡지 무더기에서 한 권을 꺼내 읽고 있어요. 부자들이 가지고 있는 반중력 TV처럼, 잡지의 페이지들이 제 얼굴 위에서 날아다니고 있어요. 소파 위에 웅크리고 누워서 아버지의 사진첩을 넘기고 있는 건 제 동생이에요. 이따금 무언가가—먼지나 그런 거겠죠—제 눈으로 날아들어와 눈앞이 흐려져요.

고개를 돌려서 동생을 봐요. "왜 그래?" 저는 비웃음을 날려요. "눈에 먼지가 들어갔어?"

"어?" 동생이 어리둥절해하면서 대답하죠. 눈물을 흘리는 채로 말이에요.

✦ ✦ ✦

제가 기울인 귀에 취직하던 무렵, 제 친구들 상당수는 일자리를 찾아 칼리만탄에 있는 야자 기름 공장으로 떠났어요. 하지만 제 동생은 아버지가 사랑하던 이 도시에 애착을 느끼던 것 말고도, 여기를 떠나고 싶지 않은 또 다른 이유가 있었어요. 개 친구가 전해준 바로는, 동생은 탕게랑 출신으로 우리 동네에 와서 살고 있는 벤이라는 이름의 건설 노동자한테 반해 있었어요. "누나 동생은 계획이 다 있어." 동생 친구가 웃으며 말했어요. "둘이 함께 안드로이드 딸을 들이고 이름을 스탈라라고 지을 거랬어." 이건 그 친구 역시 칼리만탄에 일자리를 잡아 떠나기 전의 일이고, 그 친구하고도 연락이 끊겼어요.

제 동생이 그 전단지를 저한테 보여줬을 때, 제가 조용히 말했어요. "나 얼마 전부터 이 집에서 일하기 시작했어. 나한테 맡겨줘. 내가 사장님한테 물어볼게."

그애는 깜짝 놀란 것 같았어요. 솔직히 말하면, 저는 그애가 벌써 알고 있을 줄 알았어요. 제가 그 가게 일과 관련된 서류를 돌아가신 엄마의 화장대 위에 일부러 잘 보이게끔 올려놨았거든요.

"뭐? 언제부터?" 그애가 물었어요.

"얼마 안 됐어." 그러고는 목소리를 높여서 덧붙였어요. "내가 물어보고 나서 얘기해줄게."

그애가 무어라 대꾸하려고 입을 벌렸지만, 다시 생각해보는 것 같았어요.

제가 우리 어린 시절에 대해 이야기한 것 기억하시죠. 제 동생은 한쪽 귀가 안 들려요.

말씀드렸듯이, 그애는 성질이 급해요. 그래서 제일 안전한 대답을 고른 거였어요. 이 일이 있기 전에, 그애가 몇 주 동안이나 저하고 말을 안 한 적이 있어요. 아빠 장례식 때문에 우리 동네의 바탁 개신교회 목사님한테 전화하려는 걸 못하게 하고, 대신 제가 세속적인 방식으로 장례식을 치렀거든요. 달리 방법이 없었어요. 우리 아버지가 교구 연회비를 내지 않았거든요. 제가 바탁 개신교회에서는 우릴 도와주려 하지 않을 거라고 주장했어요. 우리가 바탁 사람일지는 모르지만, 그 사람들이 보기에 우리는 기독교인이 아니니까요.

제 동생은 저한테 반항하기 위해 매주 예배에 나가기 시작했어요.

◆　◆　◆

고백합니다. 전 사장님한테 동생 얘기를 안 했어요. 뿐만 아니라, 시간을 벌기 위해 거짓말을 했어요.

그다음 주에 동생이 어떻게 돼가느냐고 물었을 때, 저는 "사장님이 이혼할 거래"라고 대답했어요. "얘길 꺼내기에 좋은 타이밍이 아냐. 늘 기분이 안 좋으셔." 그러고 나서는 "사장님네 아이도 부모님 이혼 때문에 우울하대"라고 했어요. 그리고 "사장님네 조카가 뎅기 출혈열에 감염돼서 죽었어"라고도 했어요. 제 동생은 마지막 얘기를 듣고 불같이 화를 냈어요. 제가 거짓말을 하고 있다고 욕했어요. "뎅기 출혈열로 죽는 사람은 더 이상 없어." 동생이 말했어요. "앗, 에이즈였나보다." 제가 말했어요.

"에이즈로 죽는 사람도 없어."

"오."

다른 거짓말도 했어요. "우리 사장님은 귀머거리는 안 뽑는대."

제 동생은 자기가 귀머거리는 아니라고 정정해줬어요.

"음…" 저는 방금 전에 제가 한 말을 정정했어요. "그렇다면, 사장님은 반귀머거리도 안 뽑아."

저는 동생한테 먼저 근처에 있는 공장 같은 데서 다른 일자리를 찾아보라고 권했어요. "돈을 벌어서 귀를 고쳐. 그러고 나면 기울인 귀에서 일할 수 있을 거야." 솔직히 말해, 왜 지금까지 사장님한테 얘기를 안 꺼냈는지는 저도 잘 모르겠어요. 어쨌든 나쁠 건 없는 일이잖아요?

그렇게 말하자 제 동생은 소리를 지르면서 욕을 하기 시작했어요. 테이블에 있는 기침약 병을 집어들더니 던졌어요.

피했죠. 병이 제 뒤의 벽에 부딪히더니 산산조각 났어요.

"미쳤니? 너 때문에 눈멀 뻔했어!"

동생은 고개를 돌렸어요. 그애의 왼쪽 귀가 제 눈에 들어왔어요.

"내 두 귀가 다 성했으면," 그애가 억울하다는 투로 말했어요. "지금쯤 공무원을 하고 있을 거야."

◆ ◆ ◆

우리가 어렸을 때 왜 동생한테 병을 집어던졌는지 정말 기억이 안 나요. 너무 옛날 일이거든요. 근데 동생은 기억하더라고요. "내가 아빠의 사진첩을 잃어버려서 누나가 화가 났거든." 동생은 사장이 마음을 바꿀 수 있도록 몇 번이고 이야기를 해보라고 나를 설득하려 애쓰다가 소리를 질렀어요. 그애가 이 모든 게 다 내 탓이라고 생각하는 것 같아서 저도 울화가 치밀었어요.

◆ ◆ ◆

기울인 귀에서 일하는 다른 직원들과 제 입장에서 보자면, 우리는 그 전단지에서 약속하는 것 같은 변화를 전혀 만들어내지 못했어요. 음악계든 다른 곳에서든 관계없이, 전혀요. 노래방 주인은 우리가 사용하는 인간 채점 소프트웨어를 가지고 저작권 등록을 했고, 그걸 자기 혼자 차지했어요. 그게 대단한 일이라는 건 아니에요. 멜라와이와 팔메라에 있는 싸구려 노래방 몇 군데서 그것과 비슷한 싸구려 버전을 설치했지만, 우리 사장은 신경 쓰는 거 같지도 않더라고요.

우리는 깨어 있는 동안에는 늘 모니터에 매달려서 새벽녘까지 교대로 점수 매기는 일을 했어요. 그러고는 오토바이 꽁무니에 매달려서 수디르만 역으로 돌아가는 거예요. 일단 열차에 타면 밖으로 어떤 풍경이 지나가든 졸기 바빴어요. 아직 남아 있는 도시의 영광은 우리 뒤로 흘러갔어요. 도시에서 빠져나가는 동안 바깥 경치는 온통 내리막길이었어요.

✦ ✦ ✦

아저씨, 만약 지금 이 이야기가 아저씨의 성경책 안에 들어 있는 이야기였다면, 다음 부분은 제 동생이 지식의 나무를 습격해서 그 과일을 따먹는 거였을 거예요. 그애가 어느 날 절 직장까지 따라왔거든요.

그날도 비슷했어요. 대학생들이 잔뜩 들어차 있었어요. 그날은 아침에 비가 엄청 쏟아져서 기분이 특히 거지 같았어요. 게다가 운동화도 속까지 완전히 푹 젖었고요. 접수 보는 직원 하나가 오더니 저를 쿡쿡 찔렀어요. "린, 밖에 네 동생이라고 하는 남자가 찾아왔어. 지금 사장님하고 얘기하고 있어."

저는 제 책상에서 일어나 접수대로 뛰어갔어요. 아니나 다를까, 정말로 제 동생이, 긴 바지에 색이 바랜 푸른색 셔츠를 입고 거기 와 있었어요. 아침에 저를 역에 내려줄 때만 해도 늘 입는 추레한 티셔츠에 반바지를 입고 있었는데 말이죠. 동생은 아주 활기찬 태도로 사장님한테 말하고 있었어요. 느닷없이, 그애 피부가 너무 검은 건 아닌가, 여드름이 너무 많지 않나, 하는 따위에 신경이 너무 쓰이기 시작했어요. 이가 너무 누런 것도 그랬고요.

사장님이 귀찮아하고 있다는 게 얼굴에 다 나타났지만, 차마 물리치지는 못하고 있는 것 같았어요. 내가 다가가니까 사장님이 내 팔에 손을 얹었어요. "린, 자기가 처리 좀 해줘." 사장님이 단호하고 차갑게 말했어요. 그리고 자리를 떠나기 전에 이렇게 덧붙였어요. "기왕 내려온 김에 새 잔들 좀 가지고 가고."

✦ ✦ ✦

문까지 데려다주려고 했는데, 동생은 꿈쩍도 하지 않았어요.

"너 계속 이러고 있으면, 저 사람들이 경찰을 부를 거야." 제 목소리에는 분노와 더불어 숨기기 어려운 공포가 흐르고 있었어요. "너 때문에 창피해 죽겠어." 제가 낮은 소리로 속삭였어요.

결국엔 그애를 밖으로 끌고 나가야 했어요. 거기서 크게 싸웠어요.

또 하나 고백합니다. 제가 그애를 비웃었어요, 아저씨. 네가 여기서 일하고 싶어 하는 유일한 이유는 죽은 아버지에 대한 그 한심한 감상주의 때문이라는 걸 내가 모를 줄 아느냐고 했어요. 천국 같은 건 없다고 선언하기도 했어요. 신도 없다고 했고요. 지옥도 없고. 그리고 지금은 아버지도 없고. "그리고 아버지 무덤은 머지않아 물에 잠길 거야." 이렇게 소리도 질렀어요. "어쨌거나, 여태 널 돌봐준 사람은 나밖에 없어. 아버지가 아니라고!"

그 순간 갑자기, 동생은 큰 충격을 받은 것 같았어요. 동생은 돌아서서 역을 향해 걸어가기 시작했어요. 전 거리를 두고 그애를 따라갔어요.

역 입구에 도착했을 때, 그애가 돌아서서 저를 봤어요. 그애의 얼굴은 눈물로 젖어 있었어요.

"그런 말 하지 마." 그애는 흐느꼈어요. "취소해."

"울보." 제가 비웃었어요.

"누난 나에 대해서 한마디도 하지 않았어." 동생이 내뱉었어요. "누나네 사장님이 그랬어. 누난 내 얘기를 하지 않았어."

그러고 나서 동생은 역 안으로 사라졌어요.

◆　◆　◆

그 일이 있은 뒤로 동생을 거의 못 봤어요.

이웃 사람한테서 동생이 우리 동네 바탁 개신교회 청년부에서 아주 활발하게 활동하고 있다는 얘길 들었어요. 한번은 예배에 참석했더니 그애가 헌금을 걷고 있더군요. 저는 동생이 제가 앉아 있는 줄까지 오기 전에 그 자리를 떠났어요.

한 가지 분명하게 해둘 게 있는데, 노래방에서 제가 하는 일은 정말 불쾌한 거였어요. 이 점을 강조하고 싶어요. 부자들은 자기가 뭘 원하는지 모르고, 그래서 뭔가 선택한 뒤에도 늘 자기들이 제대로 이해받지 못했다고 느껴요. 우린 그 사람들이 가지고 있는 걸 가지고 있지 않기 때문에, 공감하고 지지해주고 싶어도 그게 가능하지 않아요.

몇 달 뒤에, 동생이 팔랑카라야로 떠난다는 소식을 들었어요. 바탁 개신교회에서 그 지역에 교회를 또 하나 만들기로 결정했대요. 교회 유지며 보수, 관리를 할 사람을 하나 고용할 만한 예산이 있는데, 제 동생이 그 일을 하게 된 거죠.

◆　◆　◆

공항에 가서 배웅도 안 했어요.

동생은 떠난 뒤에 편지하고 이런저런 소포를 많이 보내왔어요. 꽃 무늬 테이블보, 운동화, 중국에서 수입한 약재, 팔랑카라야 사진들이 잔뜩 들어 있는 앨범 같은 것들이요. 전 사진을 한 장 한 장 들여다보곤 했어요. 고층 빌딩들 주위를 선회하는 비행 자동차들. 안드로이드들이 일하는 슈퍼마켓. 한구석에서 아기를 달래는 여자의 모습. 고무 같은 작은 혀를 내밀고 웃고 있는 아기의 모습.

귀여운 아가. 네 이름이 스탈라니?

그 편지들하고 소포들 중에 제 이름 앞으로 온 건 하나도 없었어요. 사랑하는 아빠에게… 동생은 그렇게 썼어요.

아빠,

안녕 아빠,

가장 사랑하는 아버님께,

아버지께,

아버지,

…아빠?

동생은 제 이름을 단 한 번도 언급하지 않았고, 어떻게 지내느냐고 묻지도 않았어요. 심지어 발신자 주소에 팔랑카라야 중앙우체국이라고 써서 제가 답장을 할 수도 없게 했어요. 내가 아버지인 척해보면 어떨까, 하는 생각이 들었어요. 애야, 사실은 지금까지 내가 죽은 척해왔단다. 아니면 이건 어떨까, 어떤 과학자가 내 의식을 이 상자에 업로드시켜줬단다. 몰랐지? 하지만 이런저런 생각 끝에 내린 결론은, 이상한 짓 하지 마, 라는 거였어요. 어쨌거나 그앤 아마도 몇 달 안에 돌아올 거예요.

동생이 팔랑카라야의 바탁 개신교회에서 하는 일을 적어서 보냈는데, 거기 목사님 두 분이 시키는 건 뭐든지 다 하나봐요. 예배와 예배 사이에 청소를 하고, 헌금 걷는 일도 이따금 하고, 이 모임에 가서 성경 낭송을 하고, 저 모임에 가서 기록을 맡는 식으로요. 크리스마스 예배 때 손이 부족해서 촛불을 나눠주는 일까지 했대요. 동생은 우리 사진을 가지고 가는 걸 잊었어요. "전 늘 음악을 들어요, 아빠"라고 그애가 썼어요. "제가 여전히 아빠 얼굴을 기억해낼 수 있는 유일한 방법이에요."

이 넌이 조금 안 돼서, 편지와 소포가 끊겼어요.

한 해가 지났어요. 마침내, 그애를 찾아나서기로 결심했어요. 직장—저와 제 동생 사이를 갈라놓은—을 관뒀어요. 아저씨도 물론 잘 아시겠지만, 이 도시로 들어오는 건 쉬운 일이 아니에요. 제가 노숙자가 되지 않을 거라고 보장하는 보증인이 있어야 하죠. 이 도시를 두르고 있는 이 높고 두꺼운 장벽은 주민들을 보호하기 위해 만든 게 아니었어요. 분리시키기 위한 거였죠. 한번 두들겨보세요. 반대편에서는 아무 소리도 안 들려요. 아저씨, 벽이 너무 두꺼우면요, 그 벽은 더 이상 소통의 수단이 될 수 없어요. 아저씨의 훌륭한 친구 베유라는 분한테 이 얘기를 전해주세요.

전 운이 좋게도 팔랑카라야에서 구할 수 있는 싸구려 숙소에 대한 정보를 얻었어요. 교외 외곽 지역에 있는 작은 아파트를 하나 찾았어요. 그 아파트의 주인인 젊은 여자는 혼혈이었어요. "우리 엄마는 자기가 제일 좋아하는 애완용 남편을 여기에 살게 했어요." 프로필 사

115

진에 나온 것보다 더 예쁜 그 여자가 말했어요. 그 여자가 저한테 세를 준 건 제가 자기 엄마가 소유했던 노래방들 중 한 곳에서 일했다는 걸 알게 됐기 때문이에요. "우리 엄마가 젊었을 때는 작곡가들을 위해 노래 가사도 쓰고 시도 쓰고 그랬대요." 그 여자가 말했어요. 젊은 사내 옆에 서 있는 파란 여인의 사진을 지나쳤는데, 나는 그 여인이 바로 집주인의 엄마일 거라고 생각했어요. "마지막에 가서 엄마는 노래방 사업을 하기로 마음먹었어요. 거기에 근사한 변형을 가해서 말이죠." 진짜 사람을 쓰는 걸 말하는 거겠지, 제가 생각했어요. 그건 그렇고, 비행기 추락으로 가족을 모두 잃은 기분이 어땠어요? 하지만 물론 그걸 대놓고 물어보지는 않았어요. 때때로 행운은 가장 비극적인 형태로 찾아오기도 하죠. 주인 여자가 자기 어머니의 애완용 남편이 쓰던 피부 관리용품 일체를 저한테 줬어요. 처음에는 그 효능에 대해 긴가민가했어요. 그런데 그 이후의 다섯 주 동안이 제가 살면서 가장 아름다웠던 기간이었어요. 제 피부는 태양에 대해 놀라울 정도의 저항력을 보여줬어요. 제 피부는 마침내 햇살의 탄압을 이겨낼 수 있었어요.

◆　◆　◆

그다음의 이야기에 대해서는 아저씨도 이미 부분적으로 알고 계실 거예요. 저는 여러 교회를 돌아가면서 예배에 참석하고 있어요. 하지만 여기에 제일 자주 와요. 개신교도인 제 동생을 여기에서 찾을 가능성은 전혀 없지만요. 제가 아저씨 설교를 좋아하거든요. 고백할게요. 저는 여기에서 어떤 종류의 신도 만날 거라고 기대하지 않아요. 하지만 그분을 찾을 수 있을 거라는 기대는 여전히 가지고 있어요. 앞줄에 앉을 여력은 안 되니까 인내심을 가지고 맨 뒷줄에 앉아서 미사의 순서를 더듬더듬 따라갈 거예요. 그러는 동안, 이십대 후반쯤 돼 보이는 남자가 헌금 모금 기기를 들고 줄에서 줄로 이동하겠죠. 사람들은 그 기기를 옆자리의 사람에게 넘기기 전에 거기에 카드를 대서 자신의 가난의 일부를 교회에 기부하겠죠.

그 이십대 후반의 사내는 그러면서 제 옆으로 다가올 거예요. 제 코밑에 그 기기를 들이대겠죠. 메탈릭 화이트에 기울인 귀를 연상시키는 푸른 줄이 그어져 있는 기기. 그 줄은 편안한 느낌과 더불어 불안의 흔적을 전해줘요. **하나님, 제가 당신을 위해 모든 걸 포기했나요? 제가 당신을 얼마나 사랑하는지 보여드렸나요?** 제가 그 색깔을 볼 때마다 이런 질문들을 떠올리길 기대하는 게 틀림없는 것 같아요. 이런 게 거기에 숨어 있는 거죠.

이런 일들이 일어날 거라고 상상해요. 제가 고개를 들어 올려다보는 순간 제 옆에 둥둥 떠 있는 얼굴을 보고 질겁하는 거예요. 그 얼굴 표정은 제가 기억하는 것보다 훨씬 더 밝아요. 먼지와 더러운 수돗물은 더 이상 그애의 일상생활의 일부가 아네요. 그애의 피부는 제가 여기 와서 처음 몇 주 동안 누렸던 제 피부와 닮아 있어요.

제 머릿속에 떠오르는 대사는 이런 것들이에요. "[제 동생의 별명], 너니? 정말 [제 동생의 성과 이름 모두(네, 과학죠. 저도 알아요)] 너야??"

제가 실제로 할 말은 이래요. "…"

논문 자료를 조사하면서, 우리가 가진 나쁜 기억을 영원히 삭제할 수 있는 기술이 곧 개발될 거라는 논문을 읽었어요. 영원히. 이 표현이 전혀 자신감을 불러일으키지 못한다는 게 우스워요. 안 그래요? 저는 이미 제 기억을 지우려는 시도를 해봤는데, 그러거나 말거나 그것들이 여전히 떠올라요. 기억이란 단백질로 구성돼 있고, 단백질은 영원해요.

아저씨, 있잖아요, 제가 이 도시의 어디에 있든, 인공 별이 밝게 빛나고 있고 비행 차량들이 정신없이 날아다니는 바쁜 하늘 아래, 오직 이곳에서만 볼 수 있는 그 모든 화려함과 반짝거림에 둘러싸여 있다 해도, 저는 그 사람들—도시의 감옥에 갇혀 있는 사람들과 그 환송 기념물 속의 두 인물—이, 저 멀리로부터, 매일 매 순간, 저를 지켜보고 있는 것 같다는 느낌을 지울 수가 없어요. 한편으로, 제 동생의 왜소한 체구는 계속해서 그 역으로 걸어 들어가고 있어요. 그애는 점점 저한테서 멀어지지만 작아지지는 않고, 절대로 역 입구 안으로 사라지지도 않아요. 그애는 제자리에서 걷고 있는 걸까요? 그애는 빛바랜 푸른색 셔츠를 입은 옛날 사진 속 인물처럼 보여요. 우리 아빠를 생각나게 해요.

저요? 전 누구에게도 다른 사람을 떠올리게 하지 않아요.

말씀해주세요. 제자리 걸음으로 멀어지고 있는 사람을 어떻게 떠날 수 있을까요?

할 수 있는 거라곤 제가 등을 돌리는 것밖에 없어요.

그 두 사람 모두 제가 자신들을 쫓아오길—진심으로 그러려고 노력하길 바라고 있을 거라고 생각해요.

✦　✦　✦

이게 제가 지은 가장 큰 죄예요.

짙은 갈색, 검정에 가까운

그는 돌아서서 나를 똑바로 쳐다본다.

우리는 그의 집으로 향하는 길을 걷고 있는 중이다.

이게, 이를테면, 이삼 년 전의 어느 오후이기만 했어도, 당황한 내 표정 때문에 들통나거나, 가장 가까이 있는 나무 뒤로 숨어버리거나, 그를 내버려두고 홱 돌아서서 가버렸을 것이다. 하지만 요즘 나는 대개의 경우 두려움을―어떤 때는 심지어 악몽도―잘 이겨낼 수 있다. 야구모자를 고쳐 쓰기 위해 걸음이 흐트러지는 일도 없을 정도로 평정을 잘 유지한다. 겉모습만 두고 보자면 나는 그와, 그가 나를 쳐다보고 있다는 사실에 대해 거의 완벽할 정도로 무심하다. 무관심은 최선의, 그리고 가장 완벽한 변장술이다. 생각해보라. 사람들이 교황을 존경하는 이유가 뭐겠는가?

그는 다시 걷기 시작하고, 전보다 여유가 있어진 걸음걸이로 보건대 그는 내가 자기를 따라오고 있다는 의심을 완전히 거둔 것 같다.

오늘 그는 집에 혼자 있을 것이다. 물론 가정부는 제외하고 하는 말이다. 그 여자 이름이 뭐였더라? 와티? 타티? 조심성이라고는 없는 여자. 목욕탕의 수도꼭지를 제대로 잠그는 법이 없고, 뒷문을 걸어잠그는 것도 거의 언제나 잊어버리는 여자. 처음에 내가 그 집에 잠입할 수 있었던 것도 그 덕분이긴 했지만. 내 계산에서 그 여자가 변수로 여겨지지 않는 이유가 그래서다.

그의 아버지는 집에 없을 것이다. 그 사람은 매주 화요일 밤을 사무실에서 보낸다. 그 사람이 자기 아들한테 보낸 문자에서 내가 확인한 사실이다. 그러나 사실은 숨겨놓은 여자친구 집에서 잔다는 걸 나는 알고 있다. 이건 그가 주고받은 이메일들과 그의 컴퓨터에 들어있는 신파적인 시들에서 얻은 정보다. 그의 아버지가 바람을 피우고있는 건 아니다. 그의 엄마는 오 년 전에 죽었고―내가 읽은 그의 일기에 이 사실이 여러 번 적혀 있었다―그 뒤에도 그의 아버지는 아들이 살고 있는 세계가 예전과 달라지지 않도록 최선을 다하고 있었다. 하지만 내가 그의 일기에서 읽은 바로는, 그도 아버지의 여자에 대해 알고 있다. 그리고 새엄마가 들어올지도 모른다는 생각 때문에 그의 마음은 편치 않다.

그가 날 기억하고 있는 것 같진 않다. 우리가 다시 만난 첫날, 그는 나를 전혀 알아보지 못했다. 반면에 나는 한밤중에 땀에 흠뻑 젖어 잠에서 깨어난 게 도대체 몇 번이었던가. 모두 우리가 체육 수업을 빼먹기 위해 꾀병을 부리곤 하던 시절에 대한 꿈들 탓이다. 그는 자기가 제일 좋아하는 초콜릿을 자주 가져와 반으로 툭 분질러 내게 주면서 "니타 선생님한테는 말하지 마, 알았지?" 하고 속삭이곤 했다. 우리가 다니던 가톨릭 학교에서는 간식이나 과자류를 가져오는 걸 금지했기 때문이다. 그럴 때마다 그의 눈동자가 검정에 가까운 짙은 갈색이라는 게 내 눈에 들어왔다. 십 년이 지난 지금, 그는 전혀 바뀌지 않았다. 키도 전혀 크지 않았다. 그러게. 어떻게 그럴 수 있을까? 하지만 그는 더는 초콜릿을 좋아하지 않는다. 심지어 감자칩도. 야채와 온갖 종류의 생선, 멜론, 꿀, 사과, 파파야, 그외 약간의 기타 등등으로 채워진 냉장고를 보고 짐작한 것이다.

장담하건대, 초콜릿이나 과자 종류를 일체 삼가기로 의식적으로 결정한 게 틀림없다. 그의 방에는 다르마이스 암병원의 달력이 놓여 있었는데, 이 또한 장담하건대 그의 엄마는 암으로 세상을 떠났고, 의사는 그녀가 식습관 때문에 암에 걸린 거라고 말했을 것이다. 어머니의 죽음이 그를 변화시켰고, 그 결과 나에 관한 일체의 기억 또한 잊게 되었다는 것도 장담할 수 있다. 그의 엄마는 늘 행복하고 건강해 보였다. 솔직히 말하자면, 나는 그의 엄마가 우리 엄마보다 일찍 죽었다는 사실에 충격받았다. 우리 엄마는 아직 살아 있다. 어디에 있는지는 모르겠지만. 그의 엄마가 죽은 지 벌써 몇 년이 지났지만, 나는 아직도 그녀가 살아 있던 시절의 모습이 보고 싶다. 내가 그녀를 알기 전 그녀의 젊은 시절, 이를테면 그녀가 첫 번째 결혼을 하던 날의 모습, 아니면 그녀가 자기 아들을 동물원에 데려가 우리에 든 그 유명한 사자들을 처음, 아니면 두 번째나 세 번째로 보여주던 날의 모습, 아니면 머리카락이 모두 빠진 채 창백한 얼굴로 임종을 앞둔 모습이라도. 하지만 그의 아버지 방에 있는 장식장은 늘 잠겨 있고, 내가 손님방 책장에서 사진 앨범을 찾아볼 정도로 간이 크지는 못하다. 그러려면 전등불을 켜야 할 것이다.

나는 어둠 속에서 일한다. 버섯처럼. 활동력을 키우기 위해 빛이 필요하지는 않다.

그의 삶은 예전보다 더 행복해 보인다. 전보다 큰 집에 살고, 심지어 아버지까지 있다. 아마도 그의 엄마는 그 사고가 있은 뒤 집안에 아버지라는 존재가 있는 게 낫겠다는 생각에서 재혼을 했던 거 같다. 그리고 그는 이름마저 폴이라고 바꾸었다. 그 전에는 피터였다.

나로서는 그가 이름을 바꾼 이유를 알 수 없다. 물론 우리한테 일어난 사건이 끔찍한 것이긴 했지만, 그렇다고 그런 극단적인 조치를 취할 필요가 정말 있었을까? 이미 이사도 했고, 게다가 아무런 흔적도 남기지 않고 몇 년 동안이나 사라져 있었는데, 어른이 되는 걸 피하기 위해 정말 그런 극단적인 조치까지 취해야 했던 걸까? 나는 웬디였던 적이 없고, 그 역시 더 이상 피터가 아닌 바에야 피터팬이 될 권리는 포기한 거라고 믿을 수밖에 없다. 그냥 커서 네버랜드에 관한 모든 일을 잊어버리면 될 일이다.

그런데 폴이라니? 그 많은 이름 중에서… 굳이 내 의견을 말하라면, 이 모든 것들은 우리가 자신의 과거를 바꾸기는커녕 묻어버리는 것도 불가능하다는 사실을 확인해주고 있을 뿐이다. 그의 가족은 그가 자신의 가족에 대해 수도 없이 자주 이야기해주던 그 시절에서 조금도 변한 게 없어 보였다. 크리스마스와 부활절에나 교회에 가고, 열두 사도의 이름도 잘 모르고, 예배 순서에 따라 읊어야 하는 구절을 제때 찾기 위해 정신없이 성경책을 뒤지는—"에스겔서가 정말 구약에 있는 거라고? 분명히 신약이었어. 느낌상으로는 완전히 신약인데?"—그런 종류의 바탕인 가정 말이다. 이를 입증하는 사례. 그의 아버지는 그가 사울로 태어나지 않은 한 폴이라고 이름을 바꿀 수 없다는 사실을 모르고 있었다는 게 명백하다.* 피터는 이름을 바꿀 수 없다고! 그는 닭이 두 번 울기 전에 세 번 자신을 부정할 수 있을 뿐이다.★★

◆　◆　◆

오늘 밤 나는 열쇠꾸러미에서 빼낸 뒷문 열쇠의 복제본을 이용해 그 집에 들어간다. 그 꾸러미에는 이 열쇠의 원본도 들어 있었다. 나는 흰색 천으로 된 내 배낭을 냉장고 옆에 내려놓는다. 이 배낭 안에는 빵 몇 덩어리와 물병, 그리고 플라이어며 스크루드라이버 같은 공구들도 들어 있다.

그의 아버지 차는 차고에 없다. 사방이 완전히 캄캄해서, 그의 아버

★　'폴'은 성경에 나오는 '바울'과 같은 이름이다. 이 부분은 '사울'이 개심한 뒤 '바울'이 되었다는 성경 속의 이야기를 바탕으로 하는 농담이다.
★★　'피터'는 성경에 나오는 '베드로'와 같은 이름이다. 예수가 체포되던 날 베드로가 예수를 모른다고 부인한 일을 바탕으로 하는 농담이다.

지 방에서 비치는 불빛이 마치 등대 불빛 같다. 아주 천천히, 나는 손잡이를 돌린다. 아무도 없다. 2층을 올려다보는데, 거기도 불빛이 전혀 없다. 나는 계단을 올라 그의 방으로 간다. 그리고 어둠 속에서 아무런 움직임도 없이 누워 있는 그의 모습을 본다.

이 모든 걸 시작되게 한 우리의 재회는 대중교통 안에서 이뤄졌다. 그의 하굣길이었다. 그때 그는 흰색 셔츠에 파란색 반바지로 이뤄진 교복을 입고 있었다. 그는 앙쿳angkut***에 타더니 내 맞은편에 앉았다. 나는 이 믿을 수 없는 조우에 놀라 그를 쳐다봤다. 그는 친구들과 이야기하느라 바빴다. 그와 나의 무릎이 몇 차례 부드럽게 부딪쳤다. 나는 간신히 나 자신을 추스리고 그를 면밀히 살피기 시작했다. 그는 혼자 내렸는데, 나는 그 근처에 교회가 있다는 걸 알고 있었기 때문에 즉시 걱정하기 시작했다. 하지만 그는 계속 걸어서 교회를 지나쳤고, 나는 안도의 한숨을 쉬었다. 20미터쯤 더 간 뒤에 운전기사에게 세워달라고 했다. 그러고는 내려서 그를 따라갔다.

일단 그의 방에 들어간 뒤, 나는 그의 새로운 이름을 알아냈고―그 이름은, 물론, 그의 교과서 표지에 적혀 있었다―페이스북에 들어가 그를 찾아봤다. 우연한 일이지만 그는 내가 이미 몇 번 가본 적이 있는 어느 가톨릭 중학교의 8학년에 재학 중이었다! (나는 그 학교를 자세히 뒤져본 적이 없었다. 그가 이미 대학에 갔거나 아니면 심지어 취직했을 수도 있다고 생각했기 때문이다.) 그의 프로필 사진은 도서관처럼 보이

*** 승합차 크기의 대중교통 수단.

는 곳에서 자기가 직접 찍은 것으로, 그는 미소를 짓고 있었다. 그가 프로필 페이지에서 "좋아요"라고 설정해놓은 리스트는 모두 찰스 디킨스, J. M. 배리(흠…), 한스 크리스티안 안데르센, 마크 트웨인, J. K. 롤링, 하퍼 리의 책들—전에는 책을 전혀 읽지 않았는데!—이었다.

그의 오래전 페이스북 포스트는 이랬다. "이 세상에서 가장 슬픈 일은 자신이 시를 쓸 능력이 없다는 사실을 아는 것이다."

정말? 가장 슬픈 건 시를 쓸 수는 있지만, 그 시들이 모두 후진 거 아닐까? 그의 아버지한테 전해주고 싶은 시 잘 쓰는 요령이 몇 가지 있다. 너무 억지로 각운을 맞추려 하지 말 것. 그러다보면 각 행이 부자연스러워진다. 고백적인 시는 좀 그만 쓸 것. 그리고 사랑이란 죽는 게 아니라 시들해지는 거라는 걸 알아야 하지 않을까. 물론 내가 지금 그의 아버지의 문학적 삶을 구원하려고 여기에 있는 게 아니라는 건 잘 안다. 그 시라는 것들은 절벽 끝에 피어 있는 잡목의 뿌리에 간신히 매달려 있는 거라 구해주려고 해도 가능하지도 않을 것이고.

내가 여기 있는 건 그가 나를 기억하게 하기 위해서다. 최소한, 우리 사이가 어떻게 시작되었는지라도.

바로 그래서 한 번은 그에게 팬케이크를 가지고 왔고, 해가 막 떠오르는 무렵까지 기다리기도 했던 것이다. 그렇게 한 이유. 그는 옛날에 팬케이크를 좋아했다. 나는 그걸 데운 뒤 역시 내가 가져온 초콜릿 소스를 끼얹었고, 그 위에 초콜릿칩 스프링클까지 뿌렸다. 그걸 한입 먹는 순간 그는 분명히 나를 기억해낼 것이었다. 기억이란 게, 감정적인 요소들을 모두 제거하고 나면, 그 핵심은 결국 단백질 덩어리에 불과한 것이니까. 결국엔 나를, 그리고 클라라와 보니타, 그리고 새뮤얼도 기억해내게 될 것이었다. 그는 자기가 처음 내 손을 잡아도 되느냐고 물었던 순간과 내가 고개를 끄덕이던 것, 그리고 그후로 보는 사람이 없을 때마다 내 손을 몇 초씩 붙잡곤 했던 걸 기억해내게 될 것이었다. 심지어 우릴 그토록 귀찮게 하던 조너선이라는 녀석도. 심지어 안토니 신부님도. 오. 안토니 신부…

나는 지금 내 앞에 놓여 있는 잠들어 있는 형체, 그를 쳐다보며 혼잣말로 속삭이고 있다. **안토니…**

따뜻한 어떤 것이 내 눈에서 솟아나와 두 뺨으로 흘러내린다.

안토니…

나는 눈물을 훔치고 가까이 다가선다. 얼마나 마술적인 이름인지. 첫음절에서 멈추면 그 이름은 곤충에 불과하다. 하지만 전부를 중얼거리는 순간 그 사내에게 권력이 부여되고, 그는 그 자리에서 튀어올라 거인처럼 우뚝 선다.

나는 그의 머리카락을 쓰다듬으면서 내 약속을 반복했다. 지금부터는 내가 늘 너를 지킬 거야. 나는 그의 눈썹에 입을 맞추고 그 방을 떠난다. 그러고는 아래층으로 향한다.

그의 일기에서 팬케이크 이야기는 단 한 줄도 찾지 못했다는 걸 언급해야겠다. 아마 그가 발견하기도 전에 와티가 먼저 눈 하나 깜짝하지 않고 다 먹어치웠겠지. 하지만 이젠 그것도 중요하지 않다. 지난주의 그날 밤, 오토바이를 탄 두 놈이 친구 집에서 돌아오는 길이던 그를 덮치려 하던 그 순간 이후로는. 그는 놀라서 경직된 채, 쓰러지려고 하는 나무처럼, 그 자리에 그대로 서 있었다. 나는 무슨 일이 벌어지고 있는지 바로 알아채고는 그놈들을 향해 뛰쳐나갔다. "도망쳐." 나는 소리쳤다. 그리고 그는 도망쳤다. 그리고 내가 다시 정신을 차렸을 때, 나는 어떤 방 안에서 사람들에 둘러싸여 소파에 누워 있었다. 어떤 노파가 넋을 잃고 흐느끼고 있었다. 내 자식들이 고약한 짓을 하긴 했지만, 그렇다고 그 정도로 심하게 당해야 하느냐고 통곡했다.

심하게 당하다니?

노파는 그 둘 가운데 하나가 눈을 심하게 다쳤다고 했다.

나중에 그들은 나를 보내줬다. 그 노파는 아무 말도 하지 않았고, 나를 협박하지도 않았다. 그 자리에 있던 많은 사람들이 그 노파의 자식들이 여태 저질러온 악행에 화가 나 있었다. 사람들이 불러온 그 동네 어른이 나를 집까지 태워다주었다. 그는 나더러 정신과 의사를 만나고 약물 치료를 받으라고 했다. "당신, 여러 사람을 다치게 할 거요." 오토바이를 몰고 떠나기 전에 그가 말했다. "당신이 사랑하는 사람들을 포함해서 말이요."

사람들을 다치게 하다니? 내가 누구를 다치게 한단 말인가? 다치게 하거나 스스로 다치는 것에 대해 그가 뭘 안단 말인가?

부엌 창문을 통해 텅 빈 거리가 보인다. 바깥에서 차고를 통해 지붕에 이르는 비밀 통로가 있다.

나는 내가 절대로 그를 다치게 하지 않으리라는 걸 안다. 확신한다. 지금까지 나는 누구도 다치게 한 적이 없다. 베니도 노먼도, 지미나

피크리 혹은 하디먼도. 누구도 다치지 않았고, 그들이 **네가** 아닌 걸 알게 되는 즉시 그들을 따라다니는 걸 중단했다. 나는 안토니 신부님처럼 교회의 모든 아이들에게 너무나 친절하고, 우리가 아빠 없이 자라는 것에 마음이 쓰인 나머지 수시로 찾아오고, 우리 엄마와 다른 엄마들 앞에서는 더할 나위 없이 성스럽게 행동하다가—하지만 결국에 가선 우리들을 하나씩 따로따로 어두운 방으로 불러내는, 그런 짓은 하지 않는다. 나는 안토니 신부가 아니다. 이 사실을 명심해야해. 우리 아버지가 내게 유다라는 이름을 붙여주긴 했지만. 하지만 나는 가롯 사람 유다Judas*가 아니라, 유다서를 쓴 그 유다Jude이다.** "여러분은 여러분의 가장 고귀한 믿음의 터전 위에 스스로를 세우고 성령의 도우심을 받아 기도하십시오"***라고 말한 바로 그 유다.

나는 그를 이 세상의 가리옷 유다로부터 보호할 유다이다. 나는 배낭 안에 음식을 담아 들고, 하나님처럼 저 위에서 그를 지키기 위해 어둠 속에서 그의 집 지붕으로 기어올라가는 유다이다. 나는 빛이 없어도 왕성하게 활동할 수 있고, 이 집에 사는 세 사람이 클렌더에 사는 그의 숙모를 방문하러 집을 비웠을 때 내가 뚫어놓은 작은 구멍을 통해 그를 지켜볼 수 있기 때문이다. 그가 내 존재를 알게 되든, 나를 기억해내든, 나로선 더 이상 아무 상관 없다. 내가 가장 염려하는 건 그의 안전이다.

★　　　예수를 배신한 유다.
★★　　우리 성서에서는 Judas, Jude를 모두 "유다"라고 옮겼다.
★★★　유다서 1장 20절.

불이 켜진다.

"누구—당신—누구세요?"

나는 돌아선다. 다시 한 번, 그는 금세라도 무너질 것처럼, 뻣뻣하게 굳어서, 내 앞에 서 있다. 그는 혼란에 빠져 있고, 두려움에 떨고 있다. 그는 탁자에 있던 화병을 집어들고 내게로 돌진한다. 나는 나를 향해 휘두르는 그의 팔을 본능적으로 피한다. 꽃과 물이 반원을 그리며 날고, 나는 그를 한쪽으로 밀어붙인다. 그는 벽에 부딪혀, 바닥으로 쓰러진다. 나는 기다린다. 그는 일어나지 않는다. 정신을 잃었다.

나는 그 자리에 얼어붙는다. 한기가 내 등뼈를 훑어내린다. 내가 너를 다치게 했구나.

하지만 지금 우리는 아주 가까이 있다. 그는 잠자는 공주처럼 누워서 내 키스를 기다리고 있다. 내가 그의 입술에 내 입술을 대고 누르면 그는 개구리 왕자처럼 다시 원래의 그인 피터로 변해 깨어날까? 내가 누구인지 기억해낼까? 나는 그의 옆에 무릎을 꿇는다. 그의 얼굴을 쓰다듬는다. 조심스럽게, 그의 눈썹의 곡선을 손가락으로 따라간다. 그에게 부드럽게 입을 맞춘다.

나는 기다린다…

그는 움직이지 않는다. 희망이 내게서 빠져나가고, 나는 희망을 잃은 손가락으로 그의 머리카락을 쓸어넘긴다. 우리가 어렸을 때처럼 그의 손을 잡는다. 그때, 천천히, 그가 눈을 뜬다. 나는 아무 말도 할 수가 없다.

이제 그의 눈동자를 들여다본다. 짙은 갈색—검정에 가까운, 그러나 정말 그렇지는 않은.

그때, 바로 그 순간, 그는 다른 누군가로 변한다.

"포―폴?" 더듬거리는 목소리가 들린다.

나는 돌아선다. 와티 혹은 타티가 방안의 저쪽 구석에 서 있다. "도와―! 도와―!" 그녀는 겁에 질려 더듬거리면서 비명조차 끝맺지 못한다.

나 역시 극도로 당황해서, 그 자리에서 일어나 방을 빠져나오고 그 집을 빠져나와 달린다. 아무런 느낌도 없다. 아무것도 느끼지 못한다. 실망의 흔적조차도 없다. 그는 **그**가 아니다. 좀 더 분명히 말하자면, **그는 네가 아니다.** 그가 네가 아니라면, 나는 꼭 너를 찾아야 한다. 너, 내가 찾아내야만 하는. 나를 기다려.

응답되지 않은 기도부에 오신 걸 환영합니다

응답되지 않은 기도부에 오신 걸 환영합니다! 여기 신분증이 있습니다. 퇴근시간이 되면 카드를 가방에 넣고, 그 가방은 차에 놔두기 바랍니다. 이를테면 서랍에 던져 넣거나 방 안 어느 한구석에 아무렇게나 던져두지 마시고 말이죠. 걱정마세요. 아무도 훔쳐가지 않을 겁니다. 그리고 내일, 내일모레, 그리고 그후로 매일 들고 오는 걸 잊지 마십시오. 경비 담당 부서를 지나 입구를 통과하고 우리 부, 국, 서신 저장 창고, 그리고 보관소에 드나드는 데 필요하니까요. 누군가가 이 신분증을 잊어버리고 와서 다시 집에 다녀와야 하는 일이 이따금씩 벌어집니다. 시간과 비용 면에서 큰 낭비죠. 기억하세요. 당신이 늦는 매 분마다 그에 상응하는 금액이 여러분이 천국에서 받는 보수에서 삭감됩니다. 또한 당신이 늦는 매 분마다 0.33점의 감점이 발생하고, 이 점수는 연말 점수 결산 시 총점에서 감해질 겁니다. 감점 문제가 심각해져서 사 년마다 얻게 되어 있는 휴가를 찾아 쓰지 못하는 일이 생기지 않도록 주의하십시오. 점수가 아주 조금이라도 부족하면, 어쨌거나 점수가 조금 부족한 게 되니까요.

여기가 당신 자립니다. 라헬 옆자리예요. 라헬은 현재 자신의 점수를 소진시키기 위해 휴가 중입니다. 어디로 갔느냐고요? 다른 곳으로 가기 전에, 당연히, 자기 아이들을 들여다보러 갔을 겁니다. 한마디 귀띔한다면, 당신이 사무실에서 성차별적인 농담에 끼어드는 걸 보면 라헬이 가만 안 있을 겁니다. 여기가 천국이긴 하지만, 감미로운 천상의 요정 같은 건 없습니다. 당신 사춘기 세계의 복도 여기저기에 아무렇게나 널려 있던 야한 만화책들은 완전히 방향을 잘못 잡았던 거예요. (하하, 맞습니다! 당신 프로필을 슬쩍 훑어봤어요.) 한 가지 예를 말씀드리죠. 한번은 보비와 로키가 상무부(DOC)의 에바에 대해 외설적인 농담을 하고 있었어요. 때마침 정수기에서 물을 마시고 있던 라헬이 그걸 듣고 다가와서는 보비의 책상 위에 들고 있던 컵을 세게 내려놨어요. 찬물이 여기저기 다 튀었죠! 그러고 나서는 라헬이 지구에서 쓰이는 언어 중 하나로 그에게 퍼붓기 시작했어요. 오, 잊어버릴 뻔했네요. 지금 우리가 사용하고 있는 언어 말이에요. 우리가 영어를 쓰고 있지 않다는 건 이미 깨달으셨겠죠? 너무나 익숙해진 나머지 우리가 어떤 언어를 쓰고 있는지 잊어버리는 경우가 종종 있어요. 여기서 우린 방언을 써요. 지구에서 방언이라는 표현을 쓸 거예요, 맞죠? 사도들이 바로 이런 느낌이었을 거예요!

아흐마드가 당신이 일할 과의 책임자예요. 저기, 구석 큐비클에 있는 저 사람이에요. 진지한 타입이고, 그 밑에서 일하는 사람들도 마찬가지예요. 그러니까, 테일러 스위프트에 대해 이야기하면서 웃기는 고양이 밈을 주고받을 사람이 필요하다면 잠시 자리를 떠나 화장실에 가서 혼자 떠드는 게 차라리 나을 겁니다. 거기도 나쁘진 않아요. 청소부들이 하루에 두 번 오거든요! 자, 이제 당신 프로필. **아아주** 흥미로워요. 랭스턴 휴즈를 읽고… 테일러 스위프트의 팬이고… 근데 전생에 뭘 했다고 했죠?

오 그렇군요, 소매를 똑바로 펴세요. 당신이 여기 들어올 때 아흐마드가 자기 자리에 없었던 걸 다행으로 생각하세요. 기억해둬야 할 것 한 가지. 아흐마드는 하루에 두세 번, 대개는 정오와 오후 네 시 이렇게 두 번 기도하러 자리를 비워요. 사실 별 의미가 없는 일이지만—우린 이미 천국에 와 있잖아요—습관이라는 게 버리기 어려운 거니까요. 이를테면 나만 해도, 즉석면을 끊는 건 불가능해요. 아흐마드가 자리에 없을 때는 절대 자리를 비울 생각 하지 마세요. 아흐마드가 심하게 화를 낼 거예요. 하지만 자리를 비워야 한다면, 정말 그래야만 한다면, 당신이 소속된 과의 비서인 카일라한테 얘기하세요. 아흐마드 옆 큐비클에 있어요. 흠. 어딜 갔을까요. 화장실에 갔나보네요. 신세타령을 하고 있겠죠. 카일라는 이 사무실의 울보 중 한 사람이에요. 당신은, 흠… 그렇게 보이지는 않네요. 하지만 외모라는 건 실제와 다를 수 있죠. 안 그래요? 그 사람들처럼 굴지는 마세요. 오, 휴가에 대해 말하자면, 없을 가능성이 커요. 생사가 걸린 문제가 아닌 한 말이죠. 그런데 우리한테는 죽음이라는 게 더 이상 문제가 되지 않는단 말이죠. 안 그래요? 하하. 그건 그렇고. 이해해주면 좋겠네요. 우린 엄청나게 바빠요. 엄청나게. 바빠요.

카일라가 당신의 요청을 거부한다고 해서 불손한 태도를 보이지는 마세요. 지구에 잠깐 들러서 옛 가족을 보고 싶을 경우에도요. 카일라하고 상대해야 할 일이 많을 거예요. 보너스를 찾아먹고 싶을 때도 그녀한테 이야기해야 하고, 아흐마드한테 그 문제를 보고하는 것도 그녀의 일이에요. 점심시간이나 사무실 파티처럼 업무 외 사교 행사의 경우 말고 과장에게 직접 이야기하는 건 전혀 권하지 않습니다.

저쪽 반대편 구석에 있는 키가 크고 비쩍 마른 사내는 사무엘이에요. 여러 과의 과장들 중 한 사람이죠. 여기에서 꽤 오래 근무했어요. 정확히 말하자면, 1929년에 직제 개편이 있었을 때부터 근무 중이에요. 지상에 있을 땐 아르메니아인이었죠. 소문으로는, 걸어서 사막을 건너다가 탈수로 죽었다고 하는데, 누구도 정확히 알지는 못해요. 우리들 중 누구도 과거나 현재 역사에 대해 큰 관심을 가지고 있지 않아요. 그리고 누가 물어본다 해도 사무엘은 그 사실을 확인도 부인도 하지 않을 거예요. 집요하게 물어도 마찬가지일 거고요. 술에 취하게 만들어도 마찬가지일 거예요. 우리가 그를 미스터 미스터리라고 부르는 게 그래서예요. 사무엘 밑에서 일하던 사람들 여럿—리나와 모니카를 포함해서—이 근무가 끝난 뒤에 사무엘을 데리고 술을 마시러 갔어요. 그들이 사무엘의 정신분석을 시도했는데, 그때 반쯤 취해 있던 사무엘이 그 사람들한테 고함을 질렀어요. "날 내버려둬, 이 또라이들아! 난 당신들의 실험용 쥐가 아니야!" 알겠죠? 사무엘은 좀 날이 서 있어요. 불행하게도, 클라라와 인사팀 전체가 같은 바에서 마시고 있었어요. 어느 쪽으로 가도, 천국은 좁아요. 리나하고 모니카는 직원의 사생활에 관한 직장 행동 강령을 위반한 죄로 그 즉시 꿈 담당 부서로 전보됐어요. 그렇게 남의 일에 참견하기 좋아하는 사람들은 어쩌면 그곳이 더 잘 맞을 것 같긴 하지만 말이죠.

이게 당신 과에서 사용하는 복사기예요. 솔직히 말해 쓸모는 거의 없어요. 당신이 작업할 명단들은—그러니까, 일종의 "디지털" 포맷으로 보관되어 있다고 보면 되거든요. 그래도 뭐. 다른 과의 복사기는 사용하면 안 됩니다. 갈등의 원인이 됩니다. 그리고 힘 있는 분들의 갈등 관리 지침 제1호는 이거예요. 갈등을 일으키지 말라.

미안해요, 뭐라고요? 신? 오 아뇨, 아뇨, 아뇨. 내가 말한 "힘 있는 분들"은 그냥 고위직에 있지만 우리 같은 전직 인간들 얘기예요. 헷갈리게 해서 미안해요. 이 건물에 있는 사람들 아무한테나 물어봐요. 신을 본 사람은 아무도 없어요. 생각해보면 약간 이상하긴 해요, 그죠? 하지만 뭐 어쩌겠어요?

저기 커다란 카트 끌고 다니는 젊은 친구, 사무엘하고 얘기하고 있는 사람 말예요. 여기서 근무하는 동안 저 친구를 자주 보게 될 거예요. 이름은 안토니오예요. 기도 접수부 소속이에요. 매일 아침 각 과를 돌면서 일정량의 기도를 배달하는 일을 해요. 안토니오 말고도 피나, 이스마엘, 제이콥, 수비안토, 박, 미스터 응우옌, 루이스, 콰메, 아니사, 레오, 토니, 바락, 그리고 미란다가 이 배달 업무를 하고 있어요. 이게 기도 접수부에서 당신한테 할당한 리스트예요. 읽어보세요.

대략 오백 명쯤 될 거예요. 안토니오가 당신한테 할당된 기도 리스트를 건네주면, 당신은 개수를 정확하게 파악한 뒤에 등록되어 있는 이름 하나하나가 각각의 기도에 제대로 연결되어 있는지 확인하는 작업을 해야 해요. 숫자가 딱 떨어지지 않으면 결재를 넘기지 마세요! 안토니오는 올라오는 기도들을 남몰래 다 훑어보곤 했어요. 그렇게 해서 베네수엘라 내륙에 있는 자기 고향 마을에서 올라오는 것들을 골라내서는 응답을 얻게 하려고 시도했단 말이죠. 그러다가 현장에서 딱 걸렸는데, 사실 그때 해고당했어야 돼요. 명백한 행동 강령 위반이니까요! 그런데 우리는 안토니오가 살아 있을 때 지독한 술꾼이었고 아이들을 패곤 했다는 사실을 알게 됐어요. 딸아이의 열네 살 생일에 그애를 두들겨 팼고, 그래서 그날 밤 아이가 가출했어요. 무슨 기대를 하고 있는지는 모르겠지만, 그애가 성모의 부름에 대한 베네수엘라의 응답이 되진 않았어요. 대신 도로변에서 강간당한 시신으로 발견됐죠. 안토니오는 그후로 계속 속죄를 시도했어요. 어떤 건지 알 거예요. 남자들. 반성을 정말 잘하잖아요. 심지어 천국에서도 마찬가지예요. 마구 뒹굴면서 자길 동정해달라고 요구하죠. 우린 장시간의 토론을 거쳐서 앞으로는 좀 더 적극적으로, 좀 더 주의와 경계심을 가지고 대처하는 것으로 일단락 지었어요.

앞으로 무척 바빠지겠지만, 그래도 건강을 잘 챙겨야 해요. 건강 기록부를 보니까 신장 결석 제거 수술을 받은 적이 있더군요, 그렇죠? 재발하지 않도록 조심하세요. 왜냐하면 더 이상 죽지 않거든요. 안 죽죠. 그냥 소변이 빠지지 않아서 부어오르기만 할 거예요. 이웃

137

과의 프라스처럼요. 자, 여기 물 있어요. 마셔요. 전부 다. 그건 그렇고, 여기가 우리 국의 탕비실이에요. 이게 냉장고. 안에 빈 자리가 있으면 당신이 가져온 간식이나 음료수를 넣어둬도 돼요. 아쉽게도 온수는 안 나와요. 저기 모퉁이를 돌아가면 슈퍼마켓이 있는데 거기서 보온병을 살 수 있어요. 정수기 물통이 비면 로버트한테 얘기하세요. 로버트가 탕비실 비품 관리계의 도니에게 말해서 다시 채워놓을 거예요.

이게 우리 국 화장실이에요. 목욕 시설은 없어요. 하지만 집에 단수가 될 경우 1층 로비에 있는 화장실에 샤워 시설이 있어요. 하하, 맞아요, 제대로 들은 거예요. 천국의 물 공급 문제. 창피한 얘기죠. 안 그래요? 화장실 옆에 흡연실이 있어요. 담배는 점심시간 동안에만 피울 수 있어요. 점심시간은 한 시간이고요. 담배는 그냥 끊으세요. 그 시간을 사람들 사귀는 데 쓰세요. 친구가 없는 사람들이나 점심시간에 담배를 피워요.

여기가 문구류를 보관하는 곳이에요. 당신은 업무 특성상 필기를 많이 해야 할 거예요. 가위하고 스태플러는 지금 챙겨가세요. 잃어버리지 않도록 조심해요. 늘 비품이 부족하거든요. 하나 좋은 점은, 펜은 얼마든지 갖다 쓸 수 있다는 거예요. 종류도 다양해요. 우리 국이 누리는 특전 중 하나죠.

그리고 또 하나 알아둬야 할 게, 당신이 여기서 일하기 시작하는 바로 그 순간부터 다른 부서 사람들이 당신에 대한 뒷담화를 시작할 거예요. 누군가는 이미 당신한테 고약한 별명을 붙여놓고 있을 수도 있어요. 데니스의 경우에는 사람들이 "페니스"라고 불러요. 이런 거에 너무 민감하게 반응하지 말고, 그 사람들 관점에서 상황을 보도록 노력해보세요. 그 사람들이 그러는 건, 자신들이 과거에 가지고 있던 희망과 꿈들이 도저히 이해할 수 없는 이유로 이뤄지지 않았는데―"이해할 수 없는"게 당연해요, 왜냐면 어떤 희망과 꿈은, 왜 그런지 이해할 수는 없지만, 성취되기도 한단 말이죠―그 문제가 바로 우리 국 관할이라는 걸 알고 있거든요. 그 사람들은 다들 자기 기도가 응답되지 않은 이유를 알고 싶어 해요. 모두 자신들이 요청한 것에 대한 신의 메모를 읽고 싶어 하고요. 한번은, 희망부 소속의 어떤 젊은 여성―이름이 아마 알버티나였을 거예요―이 '신新질서' 이후의 인도네시아 상황에 대해 의논하고 싶다고 찾아왔어요. 그리고 우리의 디지털 아카이브에 대한 완전한 접근권을 요구했죠. 당시 우리국의 국장이었던 미스터 시리우스는 그 요구를 거부했어요. 미스터 시리우스는 알버티나의 요구가 우리 응답되지 않은 기도부의 비전과 사명에 전적으로 위배되는 것이며, 우리 조직의 신조 전체를 조롱하는 일이 될 거라고 말했어요. 알버티나는 수천, 아니 수백만 명의 운명이 지금 우리 손에 달려 있다고 주장하면서 버텼죠. "인도네시아는 기로에 섰어요." 알버티나는 딱 이렇게 말했어요. 그리고 국가가 어떤 길을 택하느냐에 따라 모든 게 달려 있다고도 했어요. "**모든 게.**" 두 팔을 벌릴 수 있는 만큼 넓게 벌리면서 그녀가 말했어요. 내 참! 솔직히 말해서, 늘 기로에 서 있지 **않은** 나라가 하나라도―특히 식민지 경험을 가진 나라라면―있나요? 가난하면 더 그렇죠. 저 개인적으로도 마찬가지였어요. 사는 동안 하루도 막다른 골목에 들었거나 기로에 서 있지 않은 적이 없었어요. 그리고 나서 알버티나는 자신이 일하는 부서에서 한 나라의 시민들을 구하려면, 그들이 가장 두려워 하는 게 무엇인지 알아내야 한다고 했어요. 그녀는 말했어요. "나는 인류의 보존을 위해 이 요구를 하는 겁니다." 하지만 그 뒤로 이어진 긴 논쟁의 과정에서 알버티나는 자신의 진짜 의도를 드러냈어요. 사실 그녀가 진짜로 알고 싶어 했던 건, 자신의 아이들을 위한 자신의 기도가 거절당한 이유였어요.

불쌍한 알버티나는 사실은 성모 마리아가 전혀 아니었던 거예요. 엉엉… 너무 상투적이야.

점심시간에는 우리 부서 사람들하고만 같이 앉으라고 권하고 싶어요. 다른 부서 사람들하고는 섞이는 걸 피하세요. 특히 중매 부서 사람들. 그 사람들은 우리 부서 사람들에 대해 특히 예민해요. 그 사람들은 자기들끼리 말할 때는 우릴 "자기 목을 매다는 교수형 집행인"이라고 불러요. 이걸 넘어서는 모욕은 생각해내기도 어려울 거예요. 그들은 자신들이 비이성적으로 고약하게 굴고 있다는 사실을 인정하지 않으려 해요. 그 사람들도 우리가 특정한 기도가 응답되는지 여부에 대해 아무런 결정권도 가지고 있지 않다는 사실을 알고 있어요. 우리 책임은 수집과 저장에만 국한된다는 것도요. 심지어 각각의 기도에 대해 신이 남겨놓은 메모를 우리도 읽지 못해요. 우린 응답되지 않은 기도도 응답된 것들만큼이나 신성한 거라고 믿어요. 게다가 그 부서에서 운영 방식의 전제로 삼고 있는 것도 말이 안 돼요. 그 사들 주장에 따르자면, 누구도 혼자 있어서는 안 된다는 거예요. 심지어 우리한테 배당되는 소울메이트를 찾아달라는 기도들은 사무처로 되돌려보내 새로 접수되는 기도로 재평가해야 한다는 주장까지 한단 말이죠. (정말 간절한 기도들이 접수됐을 때 보면 봉투에 눈물 자국이 너무 많아 이름을 알아보는 것도 어려워요.) 무슨 말인지 알겠죠. 그 사람들은 이런 기도들은 무조건 응답돼야 한다는 거예요.

내 참. 세상에 정말 그런 게 있다고 생각해요? 정말로? **정말로? 반드시** 응답돼야만 하는 기도라는 게?

내가 방금 전에 편지들 읽지 말라고 한 거 기억하죠? 그거 진담이에요. 무지는 우리가 가장 우선적으로 지켜야 하는 원칙 중 하나이고, 우리 업무의 가장 핵심적인 부분이에요. 사실, 우리가 일부러 찾아다니지 않는 한 그 각각의 기도들에 대한 응답으로 신께서 무어라 썼는지 읽을 수 없는 걸 오히려 다행이라고 생각해야 해요. 사무처에서는 그것들을 전부 다 읽고, 그걸 자신들의 노트에 기록하는 게 매일의 일과예요. 점심시간에 카페테리아 한쪽 구석에 얼굴이 허옇게 뜬 사람들이 자기들끼리 모여 앉아 있는 걸 보게 될 거예요. 그게 그 사람들이에요. 사무처 근무자들. 누가 봐도 섬찟하죠. 깨달음부(짐작이 가겠지만, 이 사람들은 거의 일을 안 해요)에 근무하는 사람들은 사무처 사람들을 "좀비타리아트"라고 불러요. 거기에 응수해 사무처 사람들은 깨달음부 사람들을 "팔푼이들"이라고 부르죠. 깨달음부를 좋아하는 사람은 아무도 없어요. 까놓고 말하자면 재수 없는 인간들이죠. 한번은 그 부서의 누군가가—어, 누구였더라? 페트롤인가 그랬을 거예요—엘리베이터 안에서 자기들 근무환경이 점점 안 좋아지고 있다고 징징댄 적이 있어요. 근데 남한에서 기독교가 정말 커지고 있잖아요, 알죠? 그래서 그 부서에서도 그런 상황에 맞추기 위해서 한국 사람들을 계속 고용해야 한단 말이죠. 페트롤이 정확하게 이렇게 말했어요. "걔들은 하루 종일 이상한 음악만 틀어. 그리고 매년 더 이상해져. 그래, 걔들 춤곡은 괜찮아, 근데 웨스트라이프도 좀 듣자고. 무슨 말인지 알겠어? 백스트리트 보이즈도… 조나스 브라더스도 좀 듣자고… 거기 닉은 정말 환상적이잖아! 닉, 아 정말… 이런 걸 왜 참아야 해." 딱 **이렇게** 말하더라고요. 그런데, 깨달음부에서 누구도 페트롤이 인종차별주의자라고 지적하지 않더라고요. 그 일 이후로, 깨달음부가 얼마나 개자식들인지 사람들이 전부 다 알게 된 거죠.

자, 이제 당신이 맡을 업무에 대해 구체적으로 얘기해보죠. 그날의 할당된 기도를 수령하고 그 목록에 수록된 이름의 수와 기도 숫자가 맞는 걸 확인한 뒤에 장부에 기재하고 나면, 이제 그걸 바인더에 철하기만 하면 됩니다. 그 작업을 완료하고 나면 그 바인더를 기도 보관소로 가지고 갑니다. 노트—네, 그 핑크색 노트요—에 바인더를 보관한 위치를 기록하세요. 아직 그 작업을 다 마치지 못했는데 시간이 너무 늦어졌으면, 남는 것들은 바인더에 넣어 서신 보관실에 갖다 두세요. 거기에 비치된 초록색 책에 바인더의 위치를 적어놓으세요. 하지만 일이 쌓이지 않도록 최선을 다해주세요.

그리고 다시 한 번 말하는데, 봉투를 열어 신이 남긴 메모를 엿볼 생각은 아예 꿈도 꾸지 마세요. 전에 다른 과에서, 제나 밑에서 일하던 사람이 하나 있는데, 그런 걸 엿보면서 참견하는 걸 좋아했어요. 자카 팅키르. 아마 그런 이름이었던 거 같아요. 몇 달을 우울증으로 고생했어요. 그러더니 어느 날부턴가 출근을 안 하더라고요. 그러더니 그다음 주에 또 느닷없이 나타났어요. 얼굴이 완전히 파리하더라고요. 그리고 아주 긴장돼 있고. 오전 내내 한마디도 하지 않았어요. 그러다가 점심시간 때 폭발했어요.

"이건 미친 짓이야!" 그가 카페테리아 한가운데서 고함을 지르기 시작했어요. "한 사람이 그 모든 절박한 꿈들의 운명을 결정하게 하다니!" 물론 경비원 두 명이 와서는 그 구역을 폐쇄했죠. 그 뒤로 자카는 사라졌어요.

알고 보니 그가 봉투를 완전히 잘못 골랐던 거예요. 그 봉투 안에 든 기도는 늘상 있는 것처럼 시간을 되돌려달라, 그런 게 아니었어요. 어린이 성범죄자가 새 오토바이를 갖고 싶어 하는 것도 아니었고요. 어떤 못된 늙은이가 젊은 여자를 만나 자기 와이프를 떠나고 싶다는 것도 아니었어요. 천만에요, 수백만, 수천만의 그 지긋지긋한 기도들을 다 놔두고, 하필이면 외아들이 사라진—군인들한테 납치된—노파의 기도가 얻어걸렸던 거예요. 그 노파는 외아들이 집으로 돌아오기를 기다리고 있었어요.

거기에 대한 신의 메모가 뭐였는지는 아무도 몰라요. 그 노파의 기도가 이뤄지지 않은 이유가 뭔지도 아무도 모르고요. 아무도 몰라요. 물론, 자카만 빼놓고요.

자, 이 정도면 일단 필요한 얘기는 다 한 거 같네요. 헷갈리는 게 있으면 기탄없이 물어보세요. 내 큐비클은 저쪽이에요. 참, 우리 집이랑 같은 방향에 사신다고 들었어요. 전 여섯 번째 날마다 제 차를 몰고 나와요. 운전하기 싫은 날 얘기하세요. 기꺼이 태워드릴게요. 사양하실 거 없어요, 별거 아니니까—오, 참. 한 가지 더.

어느 날엔가 당신 이름이 적힌 봉투를 보게 될 거예요. 기가 턱 막힐 거예요. 식은땀이 나면서 심장이 마구 쿵쾅거릴 거고요. 어쨌거나, 당신은 이미 도달했어요. 이미 여기에 있어요. 당신 기도는 왜 이제야 도착했을까요? 이걸 기억하세요. 당신의 감정들 어느 것도 신뢰하지 말아요. 그것들은 다 틀렸어요. 당신의 기도를 보는 순간이 오면, 마음을 가라앉히고 그 봉투에 당신 게 아닌 다른 누군가의 것이 들어 있다는 태도로 대해야 해요. 봉투에는 당신 이름이 새겨져 있겠지만, 그 안에 들어 있는 문장들은 당신의 가장 깊은 곳에 있는 영혼의 언어로 쓰여 있는 게 아니에요. 당신이 그 내용을 모두 외우고 있다 하더라도 말이죠. 그 봉투에서 희미하게 풍겨나오는 향기는—향수를 뿌렸다면 말이지만—당신이 늘 쓰던 그 향수의 향기가 아녜요. 하지만 당신은 그게 당신의 향수라는 걸 알죠. 의심의 여지가 없는 일이죠. 그건 당신이 모친과의 관계를 끊겠다는 심각한 결정을 내리기 전에 당신의 모친이 준 마지막 생일 선물이었어요. 누구보다 당신이 잘 알죠. 그렇잖아요? 당신이 끊을 수 없는 유일한 관계는 당신과 당신의 신과의 관계예요. 많이 듣던 얘기 같죠? 하하, 눈에 보이는 건 정말 믿을 게 못돼요. 이건 우리 사이의 작은 비밀이에요. 여기 오기 전에는 나도 인도네시아인이었어요. 당신처럼.

자, 여기까지. 즐겁게 일하세요! 그리고 다시 한 번, 응답되지 않은
기도부에 오신 걸 환영합니다!

아드 마이오렘 데이 글로리암*

여섯 달 전, 툴라 수녀는 폰독아렌에 있는 은퇴한 수녀들의 수도원으로 보내졌다. 요즘 툴라 수녀는 그곳에서 몰래 빠져나오기 시작했다. 그녀는 갈아입을 옷―티셔츠와 롱스커트―을 챙겨들고 쇼핑 플라자로 향한다. 그녀는 거기에 있는 가게들을 빼놓지 않고 들러, 자기한테 필요도 없고, 살 능력도 없는 그 모든 물건들을 하나하나 꼼꼼히 들여다본다. 번쩍거리는 손목시계들. 모조품 향수들의 향기. 화사한 색채의 스테인드글라스 쟁반들과 컵들. 그 물건들 중 어떤 것도 더 이상 그녀의 마음을 흔들지 못하게 될 때까지.

이 사악한 세상에서 나를 완전하게 만들어줄 수 있는 유일한 존재는 신밖에 없어요. 이게 툴라가 사십오년 전 자신의 남자친구 앤턴

★ ad maiorem dei gloriam. 예수회의 모토로 "신의 더 큰 영광을 위해"라는 뜻이다.

에게 한 말이다. 신조차도 자신의 수녀들로 젊은 사람을 바라나봐요. 이건 로라 수녀가 툴라와 룸메이트로 처음 만난 날 밤에 그녀에게 씁쓸하게 던진 말이다. 우리 마음 같지 않나봐요.

모든 일이 계획대로 되어간다면, 툴라 수녀는 주어진 나날들의 대부분을 기도와 성경 읽기로 보낼 터였다. 수녀원은 툴라를 세상으로부터 고립시켰다. 그녀가 수녀원 바깥으로 나오는 건 바로 문 앞에 있는 가엾은 죄인들을 위해 기도할 일이 있을 때뿐이었다. 그 사람들은 이 세계가 끝나는 곳까지 구불구불하게 펼쳐져 있는 언덕들처럼 여기저기 무리 지어 널브러져 있었다. 물론, 툴라가 외출하는 게 금지되어 있었던 건 아니다. 교구나 병원에 가야 하는 경우에 한해서이긴 했지만. 외출한 일이 있다고 말하기만 하면 수녀원의 철문은 열렸다. 그리고 경비견들도 쫓아나오지 않고 가만히 있었다. 그리고 먼지 섞인 미풍이 그녀를 사랑스러운 두 팔로 감싸고 어쩌고 하는 일들이 벌어지는 것이었다. 안타깝게도 수녀원이 자리한 지역에서 최근 들어 수많은 범죄가 일어나고 있었다. 툴라 수녀도 열람실에 쌓여 있는 오래된 신문을 통해 그런 사실들을 읽었다. 상황이 너무 악화되어서, 원장 수녀는 수녀원 문을 나서는 걸 엄격하게 통제했다. 자매님한테 필요한 건 여기에 다 있어요, 툴라에게 수녀원을 보여주면서 원장 수녀는 그렇게 말했다. 고양이는 늙으면 자기 혼자 죽을 자리를 찾아가요. 로라가 툴라에게 한 말이다.

은퇴해서 그 수녀원에 들어온 수녀들은 어느 정도 시간이 지나면 대부분 말수가 준다. 툴라는 자기도 언젠가는 자신이 지상에서 보낸

육십여 년 동안 경험했던 어떤 상태와도 완전히 다른 이 고요함, 이 완전하면서도 성스러운 정적의 상태에 들어가게 될까 반신반의하고 있다. 모두들—자신의 신앙을 지키고 이 경주를 이겨낸 이들은 모두 여기에 모여 있었다. 그게 툴라가 이곳에 와서 게시판에 적혀 있는 거주자 명단을 보고 처음 가졌던 생각이었다. 그때만 해도, 툴라는 한시바삐 그들 사이에 끼고 싶었다.

저 사람들은 너무 잘나서 우리한테 말도 안 거는 거 같아요. 로라는 말한다.

툴라는 명상으로 매일 아침을 시작하고, 그런 다음 아침 예배에 참석한다. 예배 후에는 공동 거실로 가서 성경을 읽는다. 오후에는 방문객이 없는 이들 중 원하는 이들은 성찬식에 참여한다. 툴라는 늘 거기에 참여한다—몰래 빠져나가는 버릇을 가지기 전까지는 그랬다는 말이다. 저녁 명상을 마치고 나서 아홉 시가 되면 툴라는 잠자리에 든다. 아빌라의 테레사는 명상하는 영혼은 길을 잃지 않는다고 쓴 적이 있다. 툴라는 이 말을 깊이 믿는다.

매주 수요일, 툴라는 자신처럼 은퇴한 지 얼마 안 된 수녀들에게 초점을 맞춰 마련된 주간 상담 시간에 꼭 참석한다. 그 자리에는 여러 명의 심리학자들이 참석하는데, 툴라는 주로 자신보다 여섯 살 아래인 나니라는 여성과 대화를 나눈다. 툴라는 자기가 살아온 삶의 대부분이 낯설게 느껴진다고 고백하는데, 나니 자매는 그런 느낌이 자연스러운 것이며 시간이 지나면 옅어질 것이라고 안심시켜준다. 이따금 툴라는 반쯤은 세속적인 수다—이를테면 두 사람이 모두 좋아하는 코에스 플러스Koes Plus*나 크리시에Chrisye**의 노래들에 대한 것 같은—에 빠지고 싶은 유혹을 느끼기까지 한다. 나니 자매는 툴라의 이런 충동을 언제나 기꺼이 받아준다.

이런 식으로 여러 주가 지나면서, 툴라는 수요일이 되기를 손꼽아 기다리게 된다. 그러던 어느 수요일에 나니 자매가 아파서 못 나오고, 툴라는 자신이 특정한 상담자만 선호한다는 의심을 받지 않기 위해 다른 심리학자—늘 땀에 젖어 있어서 어딜 가든 휴지를 들고 다니는 젊은 사내—와도 상담을 해보기로 마음먹는다. 어색한 시간을 조금 보내고 나서, 사내가 더듬거리며 묻는다. "자제분들은 잘 지내나요? 마지막으로 찾아온 게 언제였죠?" 툴라는 어떻게 대답해야 할지 몰라 자리를 뜨고 만다. 툴라는 자기 방으로 돌아와 로라가 자리에 없고 자기 어깨에 무기처럼 매달려 있던 분노도 가라앉은 걸 확인한 뒤 침대에 누워 울음을 터뜨린다.

수녀님, 여기가 점점 마음에 들 거예요. 나니 자매는 그렇게 말했었다.

그 젊은 사내가 그런 질문을 던진 덕에 툴라는 가족에 대해 생각해본다. 그녀의 부모와 형제자매들은 모두 죽었고, 조카들은 아무도 그녀를 만나러 온 적이 없었다. 그녀가 학교 교사로 일하고 있던 시절에도 오지 않았다. 툴라 쪽에서 일부러 조카를 찾아가 하룻밤 지

★   60~70년대에 인기를 끌었던 인도네시아의 밴드.
★★ 70년대 후반~90년대에 이르기까지 활동한 싱어송라이터.

내고 온 적은 있었다. 그 조카는 베카시로 옮겨 갔는데, 가난하고 그래서 제대로 못 배운 바탁 사내들이 대개 그러듯이, 그 지역에서 운전기사로 일했다. 그 조카한테는 아이가 여섯 있었는데, 모두 가톨릭 학교에 다녔지만, 서류상으로는 모두 바탁 개신교회에 속해 있었다. 조카가 바탁 개신교도인 여자와 결혼했기 때문이다. 그 조카의 집에는 침실이 부족했기 때문에, 툴라는 조카가 그녀를 위해 거실에 깔아준 카펫 위에서 잤다. 툴라는 한밤중에 잠에서 깨어났다. 그녀는 부엌과 거실을 서성거리다가 조카와 그의 가족이 세상을 떠난 자신의 엄마와 함께 찍은 사진이 액자에 들어 있는 걸 봤다. 판타지 월드 놀이공원에서 찍은 것 같았다. 조카네 막내가 입고 있는 티셔츠에 갈색 얼룩이 있는 게 보였다. 툴라는 미소를 지었다. 엄마가 집에서 만든 점심을 놀이공원으로 가지고 들어간 게 틀림없었다. 엄마가 만든 굴라이 때문에 생긴 얼룩 같았다. 아이를 많이 낳는 건 바탁 여자의 자랑거리이자 즐거움이지. 툴라의 엄마는 그렇게 말하곤 했다.

막내였던 툴라는 늘 부엌에서 엄마를 도왔고, 언니들과 오빠들은 그게 툴라의 운명이라고 여기면서 모든 걸 떠넘겼다. 그게 결국엔 툴라에게 도움이 되었다. 툴라는 배정받는 교구마다 크게 환영받았다. 지금 그녀는 조리 기구나 스토브 근처에도 가지 않는다. 음식을 준비하고, 물병에 물을 채우고, 빨래를 하는 그 모든 일은 이 수녀원을 운영하는 젊은 수녀들의 몫이다. 한번은 막 세탁을 마친 옷들을 정리하다가, 그 바구니의 바닥에 자신의 속옷이 개켜 있는 걸 발견했다. 목덜미로 소름이 끼쳤다. 이걸 왜 빨았지? 왜 나한테 돌려주면서 잘못

섞여 들어왔다고 말해주지 않았지? 내 속옷은 내가 직접 빨 거라고 이미 말해뒀는데? 자기 속옷을 직접 빠는 사람과 그렇지 않은 사람 사이에 얼마나 큰 차이가 있는지 정말 모르는 건가? 일부러 그런 건가, 아니면 잊어버린 건가?

저 사람들은 우리가 너무 늙었다고 생각해요. 로라는 코웃음을 친다. 뭐에 대해서든.

로라와 툴라가 머무는 방은 수녀원 건물 서쪽 끄트머리의 지상층에 있다. 수녀원을 운영하는 수녀들은 2층에 산다. 이 수녀원으로 들어오고 나서 두세 달쯤 지났을 때, 툴라는 피부색이 검고 곱슬머리를 한 아이들에게 수학을 가르치는 꿈을 꾸기 시작한다. 툴라는 이 꿈이 자기 바로 윗방에 살고 있는 나이마타 출신의 수녀 비나의 것이 아닐까 의심한다. 비나 자매의 잠자리에서 굴러떨어진 것임에 틀림없어. 툴라는 생각한다. 그녀의 검은 머리에서 미끄러져내려서 바닥을 통과해 내 백발의 머릿속으로 들어온 거야.

이 사람들은 우리가 계단도 올라가지 못할 거라고 생각해요. 로라는 말한다.

툴라가 처음으로 수녀원을 나서던 때, 수녀원의 유일한 주간 경비원인 망 사르디는 자기 자리를 벗어나 있다. 그 시간에 툴라는 나무 아래 벤치에 앉아 있다. 기적이 아니라면 공교로운 우연일 텐데, 툴라는 그 기회를 놓치지 않는다. 그녀는 이웃의 주택 개발 단지를 돌아다니는 걸로 일탈을 시작한다. 툴라는 작은 놀이터를 발견하고, 그네 위에 올라앉는다. 툴라는 부드러운 바람이 자신을 앞뒤로 살살

밀어주는 걸 느끼면서, 몇 달이고 이어지던 고독한 생활 뒤에 찾아온 이 작은 외출을 즐긴다. 성스러운 불이 자기 안에서 타오르는 걸 느낀다. 자신이 예수그리스도의 힘으로 죽음에서 살아난 나사로처럼 느껴진다.

여기서 사는 건 죽은 거나 마찬가지예요. 로라는 말한다.

그후로 며칠 동안 툴라는 경비 초소를 유심히 관찰하고, 망 사르디가 초소를 비우는 이유를 알아낸다. 무슬림인 망 사르디는 오후 기도를 드려야만 한다. 그 시간은 길지 않다. 불과 십 분도 안 되는 시간이지만, 평생 교회에 봉사하면서 살아온 덕에 툴라는 무슨 일이든 재빨리, 정확하게 해왔다. 툴라는 경비 초소에서 신문을 훔쳐 거기에 실려 있는 오후 기도 일과를 열심히 옮겨 적는다. 그러고는, 그와 똑같은 성실함으로, 툴라는 이 수녀원의 첫 거주자들이 수십 년 전에 심어놓은 나무 아래 벤치에 앉아 주변 풍광을 즐기는 모습을 보여준다. 다음 날, 툴라는 자신의 계략에 성경책을 동원한다. 이 수녀원을 운영하는 자매들이 지나가면서 인사를 건넬 때마다, 툴라는 그 큰 책을 조금 들어올리고 그 눈에 띄는 독서를 이어가기만 하면 되는 것이다. 나무 뒤에 숨겨놓은 비닐백에는 옷과 돈이 들어 있다.

정확한 시간이 되었을 때, 그녀는 빠져나간다. 그러고는 앙쿳을 잡아타고 레박쿨루스 버스 터미널로 향하는 길에 제일 먼저 나타나는, 터미널에서 약 10킬로미터쯤 떨어져 있는 커다란 쇼핑센터로 간다. 툴라는 공중변소에 가서 옷을 갈아입는다. 처음 이렇게 하던 날, 화장실에서 나와 상점들로 향하는 복도를 걸어가는 동안 툴라의 심장은 오래전 수녀 서원을 위해 제단으로 다가가던 때만큼이나 빠르게 뛰었다. 상점들이 보이는 복도 끄트머리에 섰을 때, 툴라는 그 부산함에 충격을 받는다. 툴라는 숨을 깊이 들이쉬고, 첫걸음을 내딛는다. 그렇게 해서 그녀는 군중 속의 한 사람이 된다. 이제 원하는 곳 아무데나 갈 수 있다.

✦　✦　✦

어느 날, 툴라가 선반에 놓여 있는 염색약들을 유심히 들여다보고 있는데 여섯 살 정도 되어 보이는 사내아이 하나가 그녀에게 뛰어온다. 아이는 그녀가 입고 있는 치마의 주름을 붙잡는다. "할머니! 어디 있었어요? 찾았잖아요!" 아이는 할머니가 얼마나 보고 싶었는지 모른다면서 울기 시작한다. 툴라는 얼어붙는다. 그 사내아이를 찬찬히 들여다본다. 어쩌면 이 아이는 정말 내 손자이고, 내가 그 사실을 잊어버린 걸지도 모른다. 어쩌면 나는 앤턴을 떠난 적이 없고, 결혼을 한 걸지도 모른다. 어쩌면 나는 치매에 걸렸고, 정말 길을 잃었고, 앤턴은 집에서 나를 기다리고 있는 건지도 모른다.

툴라는 쪼그리고 앉아 사내아이의 눈을 들여다본다. 그리고 아이의 머리를 쓰다듬어준다.

툴라는 아이의 이름을 묻는다.

아이는 서배스천이라고 대답한다.

천장에 달린 스피커에서 스파이더맨 티셔츠를 입은 아이를 찾는

153

다는 여자의 목소리가 울려나온다. 툴라는 아이의 셔츠를 확인한다. 그러니까 이 아이는 내 아이가 아닌 거구나. 툴라는 머릿속으로 말한다. 이 아이는 나처럼 생긴 다른 누군가의 자손이야. 아마도 또 다른 툴라 시나가, 하지만 수녀가 되지는 않은. 툴라는 아이를 고객 센터로 데리고 간다.

우리는 그분한테 모든 걸 바쳤어요. 로라가 말한다. 그런데 우리가 받는 건 고작 이거예요.

툴라한테 이끌려오는 사내아이를 본 어떤 사내가 눈물에 얼룩진 얼굴로 달려온다. 사내의 품에 폭 안긴 아이가 소리를 지른다. "아빠! 아빠! 할머니야! 할머니가 돌아왔어!"

아이 아빠가 툴라의 눈을 들여다본다. "감사합니다, 할머니." 그가 말한다. 그의 이름은 요하네스다. 그는 종이쪽지에 자기 주소를 써서 툴라에게 주면서 방문해달라고 청한다. "다시 한 번 감사드립니다, 할머니. 정말 감사합니다."

이 말들이 툴라의 깊은 곳을 건드린다.

오랜 세월, 매일 수업시간이 끝날 때마다 이런 인사를 들었었는데, 이걸 마지막으로 들은 게 언제였을까? 흠, 전혀 못 듣는 건 아니다. 툴라는 자기가 그렇게 말하는 소리를 여전히 듣는다. 늘상 자신이 남들에게 고맙다고 한다는 게 다를 뿐. 이런 맛없는 음식을 주셔서 고맙습니다. 이 늙은이를 당신의 기도 안에 기억해주셔서 고맙습니다. 우리의 냄새나는 목욕탕을 청소해줘서 고맙습니다. 검버섯으로 뒤덮인 내 얼굴과 나를 가엾게 여겨줘서 고맙습니다. 고맙습니다. 고맙습

니다. 고맙습니다.

만약 이게 그분이 자기 친구들을 대하는 방식이라면, 그래서 친구가 거의 없는 거예요. 방의 벽에 걸려 있는 십자가를 떼어내며 로라가 이렇게 말한다.

집으로 돌아오는 동안 내내, 툴라는 서배스천과 그애의 아버지에 대해 생각한다.

다음 날, 원장 수녀가 그녀를 호출한다. 누군가가 고자질을 한 것이다. "이 수녀원에는 규칙이 있어요." 이렇게 말한 원장 수녀가 어금니를 굳게 문다.

툴라는 고개를 끄덕일 뿐이다.

그런 규칙들은 사람들이 만든 거예요, 신이 아니라. 로라는 그렇게 말한다.

그 주말에 툴라는 수녀원을 빠져나가 요하네스네 집으로 간다. 식사를 하는 자리에서 요하네스는 툴라의 신상에 대해 묻는다. 툴라는 자신이 개신교도라고 말한다. 자카르타에서 나고 자랐다고 덧붙인다. "우리 엄마는 우리 지역 바탁 개신교회의 주일학교 선생님이었어요. 그걸 보면서 자라서 나도 교사가 됐죠." 툴라는 자기가 그에게 왜 거짓말을 하고 있는지 알 수가 없다.

점심식사를 마치고 나서, 서배스천이 툴라를 소파로 이끈다. 그들은 영혼의 세계에 붙잡혀 있는 한 여자아이에 관한 만화영화 〈스피리티드 어웨이Spirited Away〉를 함께 본다. 그 여자아이의 부모는 돼지로 변했고, 원래 살던 곳으로 돌아가기 위해 여자아이는 부모를 구해내야만 한다.

내가 붙잡혀 있는 영혼의 세계는 은퇴자 수녀원이야. 영화가 끝나 크레딧이 올라가는 걸 지켜보면서 툴라는 생각한다. 나도 내가 속한 세계로 돌아가야 해. 학교로 돌아가야 해. 내 학생들이 나를 필요로 해.

수녀님이 필요로 하는 건 뭐든 여기에 다 있어요. 원장 수녀는 말했다. 서배스천은 스케치북과 크레용을 내민다.

"할머니가 뭐 그려줬으면 좋겠니?" 툴라가 묻는다.

"학교 그려줄 수 있어요, 할머니?"

그래서 툴라는 글로도칸나무가 줄지어 서 있는, "L" 자 모양의 2층 건물을 그린다.

툴라 수녀님, 수녀님은 수학 선생님들 가운데 최고예요. 그녀의 학생들은 그렇게 말하곤 했다.

우리가 여기서 수녀님을 적절하게 돌봐드릴 거예요. 나니 자매는 말했다.

"우리 학교는 이렇게 생기지 않았어요, 할머니."

툴라가 웃음을 터뜨린다. 그러고 나서 두 사람은 바닷가를 그린다. 바다. 숲. 서배스천은 금세 지루해하더니 툴라의 무릎 위에서 잠든다. 너, 정말 아들딸이나 손주들을 원하지 않는 거니. 툴라의 어머니와 아버지를 비롯해 모든 사람들이 그렇게 물었다. 툴라는 고개를 저었다. 그녀가 원하는 건 하나님뿐이었다.

"고맙습니다." 툴라가 떠나기 전에 요하네스가 말한다. "서배스천이 할머니 덕에 무척 즐거워해요."

다시 한 번, 툴라는 감동한다. 그러거나 말거나, 이제 그녀는 자기의 세계로 돌아가야 한다.

◆　◆　◆

툴라는 원장 수녀와 만난다. 툴라는 다시 학교에서 가르치는 일로 돌아가고 싶다고 말한다. 아직 할 수 있다고.

"모든 것에는 때가 있는 법이에요." 원장 수녀가 대답한다. "지금은 젊은 사람들이 그리스도의 몸을 섬길 시간이고, 자매님은 자매님의 영적인 필요를 채워야 할 시간이에요."

하지만 내 학생들한테는 내가 필요해.

며칠 뒤 동이 막 트기 시작할 무렵 툴라는 수녀복을 모두 제대로 갖춰입고 숙소를 몰래 떠나 첫 번째 버스에 오른다. 그녀는 버스를 세 번 갈아타고, 한 번 토한다. 그녀가 가르치던 가톨릭 학교에 도착했을 때, 1학년과 2학년 학생들의 하교시간을 알리는 종이 울린다. 그녀의 학생들이 주차장에 모여 있다. 그들은 툴라에게 인사를 건네면서 그녀의 손에 입을 맞춘다. 모두들 나를 기억하는구나. 그녀는 생각한다. 잠시 후 아이들은 부모가 기다리고 있다거나, 운전기사가 데리러 왔다고 말한다. 아이들은 모두 집으로 간다. 아이들한테는 내일 제출해야 할 숙제가 있다. 하프 레슨을 받아야 한다. 그녀의 학생들은, 무엇보다, 그녀 없이도 살 수 있다.

학교의 누군가가 원장 수녀에게 전화를 건다. 원장 수녀는 툴라의 행실에 분노한다. 툴라는 실망감만 안은 채 다시 수녀원으로 향하는 긴 여행길에 오른다. 수녀원에 돌아오자, 다른 수녀들이 피곤에 지쳐 자기 방으로 향하는 툴라를 지켜본다. 툴라는 다음 날 호출을 받는다.

"이제 다음 인생을 살아야 해요." 원장 수녀가 힘주어 말한다. "하나님의 영광을 위해 할 수 있는 것들을 하세요. 자신의 행복을 위해 하지 말고요."

그날 오후, 툴라는 아주 오랫동안 거울을 들여다본다.

장기적인 목표를 가져야 단기적인 실패 때문에 좌절하지 않을 수 있어요. 언젠가 나니 자매가 툴라에게 이렇게 말했다.

툴라는 어떤 식으로든 장기적인 목표를 세울 정도로 자기 인생이 오래 남았는지 확신할 수가 없다.

"난 자매님이 잘했다고 생각해요." 두 사람이 방 안에 같이 있을 때 로라가 말한다. "우리한테 소명이 있다면, 우리가 그걸 해낼 수 있다고 느끼는 한 할 수 있어야 한다고 생각해요." 로라는 오랫동안 칼리만탄의 내륙 지대에서 산파 노릇을 하고 자기가 받아낸 아이들을 거대한 지네나 야생동물들로부터 보호하는 일을 해왔다. 그런데 지금 내가 돌볼 수 있는 건 쥐밖에 없어요. 툴라는 언젠가 로라가 한숨을 쉬며 하는 이야길 들었다.

툴라는 한 주 동안 미사와 기도회 때 외에는 항상 자기 방에 있어야 한다는 처벌을 받는다. 방에 로라가 없을 때에는 서배스천과 그애 아버지가 생각나는 때도 있지만, 툴라는 더 이상 그들을 떠올리지 않으려 한다. 이제 인생의 다음 단계로 넘어가야 해. 툴라는 거울에 비친 자신에게 말한다. 네 학생들은 너 없이도 살 수 있어.

하루가 다른 하루를 대체한다. 모든 것에는 그걸 대체할 것들이 있듯이, 날들이 다른 날들을 대체한다. 툴라는 로라의 침대가 비어 있는 걸 본다. 그녀의 옷장도 비어 있다. 남아 있는 거라곤 서랍에 남아 있는 짧은 메모가 전부다. "날 찾지 마, 재수없는 것들아."

날들이 모여 한 주가 된다. 동료 은퇴 수녀 가운데 한 사람이 잠을 자던 중 사망한다. 여러 주가 모여 한 달이 된다. 로라의 흔적은 여전히 찾을 수 없다. 툴라는 거울에 비친 여자를 위해 운다. 가련한 것. 툴라는 흐느낀다. 이젠 너무나 늙고, 너무나 쓸모가 없구나. 그 무렵, 어떤 일이 일어난다. 어느 일요일 아침, 툴라는 아침 미사 중에 예배당을 빠져나와 원장 수녀의 사무실로 가서 수녀원의 전화기를 이용해 요하네스에게 전화를 건다. 그날, 툴라는 다시 한 번 수녀원을 빠져나간다.

집 현관에 서 있는 요하네스와 서배스천을 보고 툴라는 옛친구와 다시 만나기라도 한 것처럼 그들을 한 사람씩 차례대로 안아주었다. "보고 싶었어요, 할머니." 서배스천이 말한다. 점심식사를 하고 나서 세 사람은 〈토이 스토리 3〉을 함께 본다. 점점 커가는 사내아이에게 뜻하지 않게 버림받은 인형들에 대한 영화다. 인형들은 사내아이에게 돌아가려고 애쓴다. 툴라는 로라에 대해 생각한다. 그녀가 벌인 일에 대한 소식이 바이러스처럼 사방에 퍼지면서 모든 사람들이 수군대고 있다. "잠깐만 실례할게요," 툴라의 목소리가 떨려 나온다. 툴라는 욕실에 가서 운다. 그녀는 약장을 열어 진통제를 찾아본다.

신은 절대로 그 거룩한 입을 열어서 우리한테 말하지 않아요. 툴라는 로라가 말하던 걸 기억한다. 절대로 그 기적의 손을 뻗지도 않죠. 아무런 신호도 보여주지 않고요. 신은 우릴 버린 걸까요?

서배스천은 영화가 끝나기 전에 잠이 든다.

툴라는 거실을 유심히 둘러본다. 젊은 사내와 중년의 여인이 함께 찍은 사진이 눈에 띈다. "저하고 생전의 어머니예요." 요하네스가 말한다. "서배스천에게는 할머니가 길을 잃었다고 말했어요."

"아내는 어디 있나요?" 툴라가 묻는다.

요하네스는 편치 않아 보인다. "죽었어요. 뇌암이었죠."

"할머니는요?" 요하네스는 툴라가 다른 질문을 던지기 전에 묻는다. "할머니 남편은 어떤 일을 하세요?"

"그분은 주인이에요." 툴라가 말한다. "그리고 나에 대해서는 더 이상 아무 관심이 없어요."

요하네스가 놀라서 되묻는다. "네?"

"내 말은, 건물주라고요." 그녀가 말한다. "늘 바쁘죠. 이 세상을 모두 소유하기라도 한 것처럼요."

"아… 그렇군요. 다른 가족은요? 어머님은요?"

"어머니는 내 남편을 낳았죠. 어떤 사람들은 어머니를 하늘의 여왕이라고 불러요."

요하네스는 웃음을 터뜨린다. "정말 재미있으세요." 그는 말한다.

이 모든 게 다 농담이라면, 이건 역사상 최악의 농담이에요. 수녀원에서 달아나기 전날 밤 로라가 말했다.

"방과 후에 서배스천을 봐줄 사람이 필요한데, 혹시 관심 있으세요?" 요하네스가 묻는다.

"재혼을 하지 그래요?"

요하네스는 입을 다문다.

"약장에서 사진을 한 장 봤어요 — 당신하고 어떤 남자하고 있는."

요하네스가 기침을 한다. "아… 친구예요." 그가 말을 더듬는다.

"일반적으로 사진을 보관하는 장소는 아니죠." 툴라가 조심스럽게 말한다. "일종의 신경안정제 같은 건가요?" 그녀가 능청스럽게 덧붙인다.

요하네스가 당황한 기색을 보인다.

"당신이 게이라는 거 알아요. 괜찮아요." 툴라가 확신을 가지고 말한다. "그 사람이 당신을 떠났나요?"

요하네스는 할 말을 잃는다. 두 사람은 잠시 아무 말도 하지 않고 나란히 앉아 있다.

"제가 다른 남자랑 결혼하면 서배스천의 반 아이들이 아일 괴롭힐 거예요." 마침내 요하네스가 입을 연다. "그리고… 여자하고는 정말 살 수가 없어요."

걱정하지 말아요. 툴라는 그렇게 말하고 싶다. 남자든 여자든, 누구도 나와 함께한 적이 없지만, 난 아무 문제 없잖아요, 안 그래요?

＊ ＊ ＊

서배스천을 돌보기 시작한 첫날, 툴라는 아이를 공공도서관에 데리고 간다. 요하네스는 책 읽기나 그림 그리기처럼 힘들지 않은 것들만 하게 하라고 말한 뒤 출근한다. 요하네스는 서배스천의 심장에 문제가 있다는 사실을 낮은 목소리로 다시 일깨워준다. 이 이야기는 요하네스가 이미 여러 번 언급했다.

서배스천이 도서관에 와본 건 이번이 처음이다.

"아빠가 여기 한 번도 안 데리고 왔어?" 툴라가 놀라서 묻는다.

"저거 봐요!" 서배스천이 소리를 지른다. "벽에 칠해진 페인트가 할머니 피부처럼 쭈글쭈글해요!"

서배스천이 서가들 사이를 뛰어다니는 동안 툴라는 최근에 반납된 책들이 들어 있는 바구니를 들여다본다. 두 사람은 곤충에 대한 책을 읽지만, 서배스천은 별 관심을 보이지 않는다.

"다른 거 읽을래?" 툴라가 묻는다.

"할머니, 아이스크림 먹어도 돼요?"

그래서 두 사람은 앙쿳을 타고 둘이 처음 만났던 쇼핑 플라자에 가서 아이스크림을 먹는다.

"할머니는 어떤 맛을 제일 좋아해요?" 서배스천이 묻는다.

"할머니는 그런 거 없어. 다 좋아해." 툴라가 대답한다.

툴라는 다시 자기 그릇으로 관심을 돌린 서배스천을 찬찬히 들여다본다. 아주 작고 다정한 아이다. 이런 아이가 오래 살지 못할 거라니? 그럴 리 없다. 툴라는 두 사람이 아까 도서관에서 읽던 책을 떠올린다. 그 책에서, 집파리는 평균 보름에서 한 달을 산다고 했다. 하지만 특정한 조건이 갖춰진 실험실에서는 더 오래 살 수도 있다.

"서배스천, 피곤하니? 집에 갈래?"

서배스천은 고개를 흔든다.

두 사람은 근처 공원에 가서 두어 시간을 보낸다. 열대지방의 태양이 당연히 그렇듯이, 햇볕이 뜨겁게 쏟아져내린다. 두 사람은 나무 그늘에 숨는다. 두 사람만의 에덴동산에서, 두 사람은 지나가는 사람들과 루작rujak*과 박소bakso**를 파는 상인들이 수레를 밀고 가는 걸 지켜본다.

"서배스천은 나를 사랑하니?"

서배스천은 고개를 쳐든다. 서배스천은 볼을 발갛게 물들이면서 대답한다. "그럼요! 그럼요, 할머니, 사랑해요."

너는 나를 행복하게 해주는 유일한 여자야. 두 사람이 마지막으로 만났을 때 앤턴은 그렇게 말했다. 그로부터 여섯 달 뒤에 툴라는 수녀원에 들어갔고, 앤턴은 다른 누군가와 결혼했다.

툴라와 서배스천은 러시아워를 피해 세 시쯤 집으로 돌아간다. 집에 도착하자 서배스천은 배가 고프다고 한다. 툴라는 밥을 안치고,

★   로작rojak이라고도 한다. 얇게 썬 과일과 야채를 맵고 시고 단 드레싱에 버무린 샐러드이다.
★★ 바소baso라고도 한다. 곱게 간 소고기와 타피오카 가루로 만드는 인도네시아식 미트볼이다.

계란을 부치고, 야채와 두부를 볶는다. 거실로 돌아와보니 서배스천의 얼굴에 핏기가 없다. "할머니, 숨을 못 쉬겠어요." 아이가 바람이 새는 것 같은 소리로 말한다.

갑작스런 한기가 툴라의 등을 타고 흐른다. 이애의 심장. 그녀가 생각한다. 심장이구나. 툴라는 서배스천에게 자리에 누워 심호흡을 하라고 시키고는 전화기로 달려가 요하네스에게 전화를 건다.

요하네스는 가까운 병원으로 데려가라고 한다. 툴라는 아이를 안고 주택단지를 빠져나가 길 건너에 있는 오젝ojek* 정류장으로 간다. 요하네스는 이미 병원 로비에서 두 사람이 도착하길 기다리고 있다.

"괜찮아요. 그냥 피곤해서 그런 겁니다." 의사는 서배스천을 진찰하고 나서 그렇게 말한다. "앞으로 이삼 일 동안은 집에서 가만히 쉬게 하세요."

"아빠, 우리 공원에서 놀았어요." 서배스천이 희미하게 미소짓는다. "정말 재미있었어요."

"늘 이랬어요." 진료비를 내기 위해 줄을 서 있는 동안 요하네스가 말한다. 툴라는 그를 쳐다본다. 요하네스의 얼굴에 있는 주름살들에 그가 그동안 어떤 일들을 겪어왔는지가 드러나 있다. 그리고 칙칙한 피부에도. 그리고 면도를 제대로 하지 않아 인중과 뺨에 거칠게 남아 있는 수염에도. 툴라는 요하네스가 화가 나 있지 않아서 마음을 놓았다.

★   오토바이 택시.

강하다는 건 좋은 거예요. 언젠가 나니 자매가 그녀에게 말했다. 하지만 지금의 자기자신을 그대로 받아들이는 건 그보다 더 중요해요.

툴라는 외박을 하면 수녀원에서 난리가 날 거라는 사실을 알지만, 그럼에도 그날 밤을 요하네스네 집에서 보내기로 마음먹는다. 다들 툴라 역시 로라처럼 도망쳤다고 생각할 것이다. 원장 수녀는 경찰을 개입시켜야 할지 말지 갈팡질팡할 것이다. 그랬다가 기자들이라도 알게 되면 그땐 또 어떤 사태가 벌어지겠는가? **은퇴 수녀 한 명 더 실종**이라는 기사가 **또 다른 은퇴 수녀 우울증에 걸려 도주**라거나 **불행한 수녀 수녀원을 탈출하다** 혹은 **또 한 명의 수녀 도주 중** 같은 게 될지도 모른다. 일반 대중은 질문을 던질 것이다. 도대체 수녀원에서 무슨 일이 벌어지고 있는 걸까? 뭔가 수상한 일이 있는 건 아닐까? 전 세계의 모든 수녀원들에서 같은 일이 벌어지고 있다면? 교구에서는 감사에 돌입할 것이다. 전국에 있는 가톨릭 가정의 부모들은 딸들을 붙들어 앉힐 것이다. "이거 봐! 그래도 정말 수녀가 되고 싶니?" 견습 수녀원은 점점 더 비어갈 것이다. 이 세상에는 이미 독신남이 넘치도록 많잖니. 예수님이 수도사의 대열에 들어선다고 생각해봐. 얼마나 슬픈 일이겠니. 예수님이 그런 고독한 생활을 받아들이기를 기대한다는 건 잘못된 거야.

하지만 툴라는 요하네스와 함께 있어줘야 한다는 걸 안다. 서배스천이 무사히 밤을 넘기는지 확인해야 한다. 그렇다, 툴라는 처음에는—와인을 한 모금만 마시고 싶은 것처럼—자기가 택하지 않은 길이 어떤 것인지 잠시 엿보고 싶었을 뿐이다.

하지만 이제는 이게 내게 주어진 소명이야. 내 장기적인 목표야.

하나님의 영광을 위해 할 수 있는 모든 걸 하세요. 원장 수녀는 툴라에게 그렇게 말했다.

툴라의 엄마는 그보다 훨씬 전에 이렇게 말했더랬다. 사람은 하나님에게만 의지해서 살 수는 없는 법이란다.

툴라는 자기 안에서 끝없이 들려오는 목소리들을 떨쳐버리기 위해 눈을 꾹 감고 고개를 흔든다. 그래봐야 잠시 동안이겠지만. 툴라는 서배스천을 침대에 눕힌다. 서배스천은 이야기를 해달라고 한다. "할머니는 아는 얘기가 하나도 없단다." 서배스천은 지어내서 해달라고 한다. 그래서 툴라는 성경책에 있는 이야기를 들려준다. "아버지는 아주 오랫동안 기다렸단다." 툴라는 이야기를 맺으며 이렇게 말한다. "그리고 마침내, 잃어버렸던 아들이 집으로 돌아왔어."

"아버지는 왜 아들을 다시 받아줬나요? 아들이 나빴는데요."

"아버지는 그 아들을 무척 사랑했거든."

"내가 떠나면, 아빠는 날 용서해줄까요?"

툴라는 서배스천의 자그마한 머리를 쓰다듬어준다. 하나의 이미지가 그녀의 마음속에 떠오른다—한 쌍의 남자. 서로에게 팔을 두르고 있는, 너무나 행복하고, 너무나 젊은, 요하네스와 그의 파트너. 툴라에게도 그런 사진이 있다. 수십 년 전에 앤턴과 함께 찍은 사진. 그녀가 한때 다른 세계에서, 순식간에 지나갔지만 삶 자체로 가득 차 있는 삶을 산 적이 있다는 증거물.

"물론 그러실 거야." 툴라가 말한다. "이제 자야 할 시간이야, 알았지?"

툴라는 방에서 나오다, 식탁에 앉아 있는 요하네스의 모습을 본다. 집안에서 그 자리에만 유일하게 불이 켜져 있다. 요하네스가 고개를 든다. 툴라에게 앉으라고 권한다. 툴라는 불안감을 가라앉히기 위해 속으로 열까지 센다.

"제 생각에," 요하네스가 마음을 가라앉히지 못한 채 말한다. "오늘은 문제가 많았어요."

툴라는 꼼짝도 못한 채 자리에 앉아 있다. 마치 이런 일이 있을 줄 애당초 알고 있었던 것 같은 태도다. 툴라는 희미하게 고개를 끄덕인다. "용서해주세요. 내가 아이들을 잘 못 다루는 거 같아요." 툴라는 자기가 그렇다고 생각하지 않지만, 그렇게 사과한다.

"돌아가시기에는 너무 늦었어요." 요하네스가 말한다. "안전하지 못해요. 너무 위험해요. 오늘 밤은 빈방에서 주무세요. 괜찮으시다면요."

툴라는 다시 한 번 고개를 끄덕인다.

"가족들한테 전화는 하셨어요?" 요하네스가 묻는다. "걱정이 돼서 찾아나설지도 몰라요."

툴라는 요하네스의 두 눈을 들여다보면서 그들이 처음 만났을 때 요하네스가 자신의 눈을 들여다보던 걸 기억해낸다. 그의 두 눈 속 눈동자를 보면서 툴라는 두 마리의 파리를 떠올린다. 그 파리는 서배스천과 툴라 자신이다. 그들은 특정한 조건이 갖춰진 실험실의 환경에서는 좀 더 오래 살 것이다. 하지만 실험실에서 사는 삶을 삶이라고 부를 수 있을까? 오래 사는 게 정말 필요하고, 정말 바랄 만한 것일까? 파리야 멀리 날아가렴. 툴라는 속으로 말한다. 저 밖에는 이 넓은 세상에서 가장 좋은 쓰레기가 너희 둘을 기다리고 있단다.

"아무도," 툴라는 울음을 참으려 애쓰며 말한다. "아무도 날 찾아나서지 않을 거예요."

우리의 후손은 하늘의 구름만큼이나 많을 것이다

처방약이 나오기를 기다리는 동안, 시아한 부인은 틀림없이 인도에서 무슨 일이 있었던 거라고 생각했다. 그녀의 아들 레오와 그의 남편이 아홉 달 전에 집에 돌아온 뒤로 두 사람의 태도에 무언가 변화가 생겼다는 걸 부인은 희미하게 감지할 수 있었다. 두 사람은 새로운 상표의 비누를 써본다든가, 어떤 식당에서 음식을 주문할 것인가, 어떤 넥타이를 맬지 결정한다든가 하는 싱거운 일들을 놓고 티격태격하는 일이 거의 없어졌다. 다투게 되더라도 둘 중 한 사람이 곧바로 포기했다. "알았어, 알았어, 네가 알아서 해." 둘 중 하나가 이렇게 말하는 식이었다.

이 새로운 국면에 접어들기 전에는, 시아한 부인이 밤 열 시에 오로지 이 두 사내들을 야단치기 위한 목적으로 기름칠이라도 해야 할 것 같은 삐거덕거리는 무릎을 끌고 2층으로 올라가는 일이 잦았더랬다. 목소리 좀 낮춰! 이 지구상에 너희 둘만 사는 줄 아니!

하지만 요즈음은 시아한 부인이 책 한 권을 끝낸 뒤 다른 책을 집어들고 자신의 취침 시간을 넘기면서까지 두 사내가 키들거리는 소리와 못 참고 터지는 웃음소리가 들리길 기다려봐도, 그런 소리는 전혀 들려오지 않았다.

수십 년 전에 학부에서 심리학을 전공한 시아한 부인은 그것 말고도 또 한 가지 사실을 감지하고 있었다. 이 사태를 조사해보고 싶은 자신의 욕망이 그것이었다. 하지만 시아한 부인은 자신이 두 사람의 관계의 건강성에 대해 우려하고 있다는 인상을 주고 싶지는 않았다. 좀 더 분명히 말하자면, 자신이 두 사람을 걱정하고 있다는 사실을 토머스가 알게 하고 싶지 않았다.

며칠 전, 두 사람이 외출한 뒤 시아한 부인은 분명한 목적의식을 가지고 두 사람의 침실에 잠입했다. 침대 시트와 베개, 베개 받침 같은 것들이 얼마나 잘 정돈되어 있는지! 그 침대에서 무슨 일인가가 마지막으로 벌어진 게 언제였을까? 시아나 부인은 윤활제나 그와 유사한 걸 찾기 위해 서랍과 옷장을 뒤졌다. 그녀가 찾아낸 것들 가운데 유일하게 주목할 만한 거라고는 토머스의 속옷 무더기 밑에 들어 있던 '심장병과 함께 살아가기 위한 안내서'라는 제목의, 표지에 화사한 색깔의 심장이 그려져 있는 책 한 권뿐이었다. 토머스는 시아한 부인의 환심을 사기 위해 대중적인 과학책을 사서 선물하는 버릇이 있는데, 그 연장선상에서 선물용으로 미리 사둔 게 아닐까 그녀는 생각했다. 하지만 심장병은 그녀가 관심을 가진 분야가 아니었고, 그래서… 시아한 부인은 살짝 짜증이 치밀어오르는 걸 느끼면서 책상에 있던 펜을 하나 집어 토머스의 팬티 앞면에 뚫려 있는 구멍에 집어넣었다. 어쩌다가 하나밖에 없는 아들이 이런 사람하고 결혼을 하게 됐을까? 만약에 그 책이 정말 그녀에게 줄 선물이었다면, 여기가 그 책을 보관해두기에 적합한 장소였을까? 자신의 팬티 밑에?

성경책에는 이런 질문들에 대한 대답이 들어 있지 않았다.

속옷 아래에 들어 있는 책을 발견하면서, 시아한 부인이 머릿속에 기록해두고 있는 긴 특이 사항 목록에 한 가지가 더 추가되었다. 방금, 처방약을 받기 위해 입원 병동을 떠나는 길에, 시아한 부인은 문가에 서서 셋을 세었다. 언제나 그랬듯이 토머스가 자리에서 일어나 함께 가주겠다고 하길 기다렸던 것이다. 그랬더라면, 언제나 그랬듯이, 물론 사양했을 것이다. 하지만 토머스 역시, 늘 그랬듯이, 그녀를 따라나왔을 것이고 줄에 서 있는 내내 어색해서 어쩔 줄 몰라했을 것이다. 그들만의 이 짧은 연극은 시아한 부인이 레오에게 어떻게 **엄마 혼자서** 처방약 받는 줄에 서게 하느냐고 하루 종일 불평하는 걸로 막을 내리곤 했다.

토머스는 사진을 찍는 사람이니까, 시아한 부인은 이렇게 합리화했다. 그러니 액자 안에 들어오면 안 되는 것이다.

하지만 시아한 부인이 이런 생각을 하고 있는 것과 관계없이, 이번에는 토머스가 자기 자리에 그대로 앉아 있었다. 시아한 부인은 조용히 계속 수를 세었다. 넷. 다섯. 여섯. 그래도 토머스는 꿈쩍도 하지 않았다.

"35만 6,000루피아입니다."

시아한 부인은 지갑의 지퍼를 열었다. 그녀가 걱정하는 건 결코 최근에 보이는 변화들 때문만은 아니었다. (그녀는 그런 건 별문제가 안 된다고 믿고 있었다. 적응하면 될 일이니까. 인간 본성의 크고 작은 변화에 관해서라면 ─A부터 Z까지, 모세의 수염에서 세례요한의 코털에 이르기까지, 라구보티에서 포르세아*에 이르기까지, 기타 등등, 기타 등등 ─익히 들어서 알고 있었다.) 그녀는 너무나 잘 알고 있었다. 다른 모든 감정과 마찬가지로, 사랑은 불붙었다가 사그라든다. 시아한 부인은 레오와 토머스가 자신이 들고 있는 지갑의 왼쪽과 오른쪽에 서서 서로에게서 점점 더 멀어져 두 사람 사이의 간격은 커다란 구멍이 되고, 그 구멍은 계곡으로 넓어지는 모습을 상상했다. 그녀는 자신이 아들과 아들의 파트너 사이에 다리를 놓아야 하는 상황에 처하는 걸 원치 않았다. 벽돌을 쌓기에는 너무 나이가 들었다.

"망가투르 시만준탁이라는 성함으로 처방전이 하나 있습니다. 약이 준비되면 성함을 부르겠습니다."

시아한 부인은 자신의 마음이 불안으로 가득 차 있는 항아리 같다고 느꼈다. 거기서 넘친 것들이 지금 천천히 자신의 무의식 속으로 흘러들어오고 있었다. 며칠 전 밤, 그녀는 부두에 서 있는 꿈을 꾸었다. 바다를 향해 떠나가는 배 위에 토머스가 서 있는 모습이 보였다. 그녀가 여러 번 소리쳐 불렀지만, 토머스는 듣지 못했다.

★　둘 다 북수마트라의 지역이다. 두 지역 사이의 거리는 그리 멀지 않다.

그 꿈에 대해 곰곰이 생각하며 점심시간을 보낸 뒤, 시아한 부인은 자신에게는 토머스가 곧 배라는 결론을 얻었다. 직업상 토머스는 시아한 부인이 그런 곳이 있으리라고는 상상도 못하던 지역으로 여행을 다녔다. 어느 날 아침, 시아한 부인은 심심한 나머지 읽을 만한 것을 찾아 집 안을 돌아다니다가 〈내셔널 지오그라피〉지에 실린 토머스의 사진을 보게 됐다. 고대의 우물 사진이었는데, 신은 아주 깊은 우물과 같아서 우리는 그곳에 비친 우리의 모습을 볼 수 없다는 인용문이 붙어 있었다. 솔직히 그녀는 상당히 깊은 인상을 받았다. 그녀는 마대자루를 하나 상상한 뒤, 이 사진에 대한 존중과 감사의 마음을 모두 그 자루에 담아 역시 자신이 상상해낸 강물에 던져 넣었다. 그리고 그 잡지는 오래된 신문들을 쌓아놓은 무더기 아래에 찔러 넣었다.

◆　◆　◆

레오는 회사일로 2주 일정으로 네덜란드에 파견 나갔다가 거기에서 토머스를 만났다. 두 사람은 초등학교 때 같은 반이었다. 하지만 암스테르담의 한 서점에서 문자 그대로 서로 맞부닥치기 전까지 이십오 년 동안 두 사람은 한 번도 만난 적이 없었다. 시아한 부인은 두 사람이 만난 게, 어떤 사람들은 자전거를 타고 지나다니고 있고 다른 사람들은 시장 집무실 앞에서 평화롭게 시위를 벌이기라도 하던 어느 화창한 날 벌어진 일이라고 상상해왔다. 그렇게 우연히 만난 뒤,

토머스와 레오는 이메일을 주고받기 시작했다. 토머스가 인도네시아로 돌아온 다음 두 사람은 점심식사를 함께하곤 했다. 다섯 달이 지난 뒤 두 사람은 사귀기 시작했다. 그리고 레오는 그 사실을 이 년 동안이나 비밀로 유지했다. 토머스의 부모는 모두 오래전에 세상을 떠났기 때문에, 토머스가 그 사실을 알려야 할 사람은 아무도 없었다.

레오는 시아한 부인의 예순 번째 생일을 축하하는 저녁식사 자리에 토머스를 초대했고, 그 자리에서 둘의 관계를 고백했다. 파티가 끝난 뒤의 깜짝쇼. 세 사람 모두를 위한 디저트. 야호. 지금 시아한 부인은 그 일을 떠올리면서, 자신이 상상한 마대자루를 다시 불러내려 했다. 하지만 그 안에 든 게 너무나 무거웠기 때문에 그 자루를 꿰맨 자리가, 당연히, 터지고 있었다. 아무튼 그렇게 해서 이 모든 것이 그녀에게 되돌아왔다. 레오가 실수로 망고 주스 잔을 넘어뜨린 일, 토머스가 벌떡 일어나 냅킨을 가지고 온 일, 그리고 난 뒤 레오가 한 그 모든 이야기, 그 노란 용암이 불빛을 받아 빛나면서 테이블 위로 퍼지다가 바닥으로 흘러내리기 시작하던 일.

그건 큰 충격이었다. (1) 레오는 이 일이 있기 전에 여러 명의 여자와 사귀었다. 그리고 (2) 어떤 일이 됐든, 단 하나뿐인 아들이 이 년 동안이나 자신에게 숨기고 지냈다니?

시아한 부인은 동성애와 관련된 기본적인 개념들은 이해하고 있는 상태였다. 그녀는 동성애 혐오자가 아니었다! 하지만 이 구체적인 상황은 그녀를 극단적으로 불편하게 만들었다. 토머스는 그녀의 아들을 그녀가 모르는 존재로 바꿔놓았고, 그녀로서는 이 사실이 정말 마음에 들지 않았다.

두 사람이 결혼을 하기 위해 암스테르담으로 떠났을 때, 시아한 부인은 함께 가지 않았다.

◆ ◆ ◆

시아한 부인은 누군가가 자신의 어깨를 툭툭 쳐서 깜짝 놀랐다. "린! 여기서 뭐 해요?" 시아한은 고개를 돌렸다가 심장이 철렁했다. 리디아 시탕강이었다.

"오! 어…" 시아한 부인은 더듬거렸다. "내 손자… 그 녀석이 아파서요."

"네? 린, 손자가 있군요. 어디가 아파요?"

그건 꿈으로 시작된 일이었다. 시아한 부인과 그녀의 남편은 어떤 다리 위에 서 있었다.

남편이 제러미가 어떻게 지내느냐고 물었다.

제러미? 그게 누구야?

우리 손자지, 물론. 걔 어디 있어?

근데 레오는 남자하고 결혼했잖아. 손자가 생길 리가 없지.

그녀의 남편이 막 무어라 대답하려는 순간, 알람이 울리면서 그녀는 잠에서 깨어났다. 시아한 부인은 남편이 꿈속에서 한 말을 생각하며 그날 하루를 보냈다. 손자? 잘못 들은 거였나?

손자?

시아한 부인이 상념에 빠져 있는 동안 리디아 시탕강은 여전히 대답을 기다리고 있었다.

"응. 손자가 하나 있어요. 이름은 제러미예요." 마침내 시아한 부인이 말했다. 시아한 부인은 파르사우타온 아리산Parsautaon arisan★을 함께하는 같은 동네의 바탁 여자를 밖에 나와서 만나는 게 질색이었는데, 그중에서도 리디아 시탕강은 최악이었다. 시아한 부인은 토머스와 레오의 결혼이 사람들 사이에서 은밀한 이야깃거리, 끼리끼리만 하는 농담거리가 되어 있다는 사실을 알고 있었다. 언젠가 있었던 아리산 모임에서 리디아는 레오와 파트너가 섹스를 어떻게 하는지 물은 적이 있었다. 사람들은 시아한 부인한테는 거의 영원처럼 느껴지는 시간 동안 키득거리더니, 나중에는 모두들 열렬한 관심을 가지고 그녀의 대답을 기다렸다. 그녀는 잘 내색하지 않는 바탁 사람 특유의 성격을 최대한 발휘해, 끓어오르는 분노를 속으로만 삭였다. 얼굴이 점점 뜨거워졌다. 리디아와 머리채를 잡고 싸우게 된다면, 기꺼이 그렇게 할 준비가 되어 있었다. 하지만 그녀는 스스로를 다잡았다. 그녀는 시보롱-보롱의 명문가 출신의 이지적인 여성이었다. 그녀의 부친은 **지역 유지**(하하. 지역 유지라는 말이 풍기는 느낌에 대해서는 우리도 알고 있다. 따분하기 그지없다)였고, 모친은 메단에서 신문사를 운영하는 집안의 무남독녀였다. 시아한 부인과 그녀의 형제자매들은 모두

★   Parsahutaon arisan이라고도 부른다. 우리나라의 계 모임 같은 것에 가까운 지역/부족 공동체 모임이다.

대학에 갔다. 반면에 리디아 시탕강은 고등학교도 졸업하지 못한 사람이었다! 시아한 부인은 희미하게 미소를 지으며 이렇게 대답했다. "다들 그렇지 않나요."

"린, 하지만, 어떻게요?" 이제 리디아는 그렇게 물었다. "입양했어요?"

그 꿈을 떨쳐버리지 못했던 시아한 부인은 이런저런 걸 알아봤다. 마침내, 한 해가 지난 뒤, 시아한 부인은 흥분해서 레오에게 기사를 하나 인쇄해서 내밀었다. 인도에서 대리모 사업이 번창 중이라는 기사를 읽은 것이었다. 너는 정자를 제공하고, 네 아이를 낳아줄 여자를 고른 뒤 아홉 달이 지나면 생물학적인 자식을 낳아 집으로 데리고 올 수 있는 거야.

"신체 접촉은 안 해도 돼." 그녀는 레오에게 윙크를 하면서 이렇게 말했다. "그 여자한테 손끝 하나 댈 필요가 없다고."

그녀는 리디아에게 별로 자세히 이야기하고 싶지 않았다. "나도 정확히 이해하지는 못해요, 리드." 그녀가 말했다. "하지만 한 가지는 확실해요. 제러미는 레오의 생물학적인 아들이에요."

"오, 알겠어요. 그러니까, 여자를 하나 고용해서 레오와 함께 자게 해서 임신을 시킨 거군요?"

리디아의 이런 둔감한 태도에 시아한 부인은 속이 뒤집혔다. 리디아는 두 사람 모두의 친구인 베티와 그녀의 남편 보스만이 80년대 후반에 한 일을 언급하고 있는 것이었다. 임신에 어려움을 겪고 있던 그 부부는 여자를 고용해서 보스만의 아이를 갖도록 했다.

"리드, 그런 식으로 말하니 꼭 매춘 행위처럼 들려요."

"그러니까… 그렇게 했다는 거죠?"

시아한 부인은 리디아한테 달리 설명할 필요를 느끼지 못했다. 그 래본들 별 차이도 없으리라는 걸 알고 있었다. 시아한 부인의 완벽한 손자는 당장 내일부터 아리산의 여자들 사이에서 입에 발린 새 별명으로 불릴 것이었다. 하지만 지금은 자기가 이름을 붙여준 그 아기를 위한 처방약을 약사가 서둘러 내어주기를 바랄 뿐이었다. 그리고 화장실로 숨어들어가 리디아를 저주하며 모든 친구들에게 전화를 걸어 리디아에 대해 조금 더 욕을 하고 고함을 질러댈 수 있기를 바라고 있었다. 시아한 부인은 남들의 인생에 끊임없이 참견해대는 그녀를 도저히 참아줄 수가 없었다. 라스마 후탄줄루의 남편이 동티모르에 파견되었다가 돌아온 뒤 두 다리를 모두 잘라내야 했을 때도 그랬다. 그때도 리디아는 라스마와 그녀의 남편이 여전히 그걸 "할 수 있는지" 물었다. 누군가는 두 다리를 잃었는데, 리디아는 여전히 섹스에 대해 이야기하고 싶어 했던 것이다.

"망가투르 시만준탁."

시아한 부인은 자리에서 일어섰다. "미안해요, 리드. 손자한테 돌아가봐야 해요."

"오, 아직 가지 마요, 린. 조금만 더 얘기해요."

시아한 부인은 그 말에 대답하는 대신, 약을 타기 위해 미소를 지으면서 일어섰다. 그녀는 약을 받아들고는 작별인사도 하지 않은 채 자리를 떴다. 어느 날 그녀가 의사에게 항우울제 처방을 해달라고 부탁하게 되리라고는 누구도 몰랐을 것이다.

입원실에 돌아와보니 레오와 토머스가 아무 말도 하지 않고 나란히 앉아 있었다. "그 리디아 시탕강이라는 여자," 시아한 부인이 거품을 물었다. "그 여자만 보면 아주 속이 뒤집혀서."

"엄마, 왜요? 무슨 일이 있었어요?" 레오가 신문에서 눈을 떼지 않은 채 물었다.

"엄마가 약국에서 그 여자를 마주쳤는데." 시아한 부인이 말했다.

레오가 신문을 접었다. "정말로요? 어디 아프대요?"

"나야 모르지. 그런데 그 여자가 마치 우리가 매춘을 해서 제러미를 얻은 것처럼 들리게 말하잖니."

레오가 인상을 찌푸렸다. "네? 어떻게요?"

"리디아가 어떤지 알잖아. 아주 사람을 불편하게 만드는 재주가 있어."

"그 여자가 저한테 뭐라 그랬는지 기억하세요? 제가 UI*에 입학했을 때?"

"물론이지."

"순전히 운이 좋아서라고 하면서 한 학기나 두 학기 버티면 잘하는 거라고 했잖아요. 그 뻔뻔스러움은 정말."

시아한 부인은 이 순간을 즐기고 있었다. 한 배에 탄 것처럼, 갑자기 다시 레오와 가까워진 것처럼 느꼈다. 그 배가 어디로 향하고 있

★　University of Indonesia. 인도네시아에서 가장 오래되고 가장 우수한 대학 중 하나다.

는지는 모르지만, 두 사람이 이렇게 흥분해서 이야기를 나눈 게 언제였는지 기억도 나지 않았다.

토머스가 끼어들었다. "리디아는 뭐 하는 사람이야?"

"엄마가 나가시던 아리산에서 만난 친구야." 레오가 대답했다.

시아한 부인은 토머스의 안색을 살폈다. 조금 창백해 보였다. 어디가 아픈가? 아이를 처음으로 병원에 데려오는 건 누구에게나 당황스러울 수밖에 없는 일이지만, 시아한 부인이 보기에는 그것 말고도 토머스의 표정에 다른 무언가가 숨어 있는 것 같았다. 게다가, 의사가 제러미에게 열이 좀 있을 뿐이라고 이미 말한 뒤였다.

시아한 부인은 미간을 찌푸렸다. 토머스의 이마에는 땀방울이 송골송골 맺혀 있었다. 시아한 부인은 갑자기 걱정이 되기 시작했다.

"엄마, 왜 그러세요?" 레오가 이마를 찡그리며 물었다.

그 문제일까? 하지만 토머스는 비건이었다. 그리고 한 주에 세 번씩 체육관에 다녔다.

"너희들 배 안 고프니?" 그녀가 물었다.

"엄청 배고파요." 레오가 대답했다. 그가 토머스를 향해 돌아섰다. "너는 어때?"

토머스는 고개를 약간 끄덕였다.

"알았어." 레오가 말했다. "화장실부터 좀 다녀올게."

레오가 방을 나선 뒤, 시아한 부인은 심지어 더 불안해졌다. 지금 토머스에게 물어봐야 할까? 토머스와 레오가 결혼한 지 이제 칠 년이 되었는데, 그동안 그녀는 한 번도 토머스와 길게 얘기해본 적도 없고, 흥금을 터놓고 대화한 적은 더군다나 없었다. **키캡* 좀 건네주렴.**
내가 양장점에 좀 더 있을 거라고 레오한테 전해줘―그녀가 토머스에게
한 이야기라곤 이 정도가 전부였다. 그마저도 다른 방법이 없을 때나
하는 것이었다. 하지만 레오는 곧 돌아올 것이고, 그녀와 토머스가
대화 중인 걸 레오에게 들키면 그녀는 몹시 당황할 것이었다.

"토머스?"

"어, 네… 아주머니?"

시아한 부인은 앉은 자리에서 몸을 움직거렸다. 토머스는 인도네
시아에서 치른 두 사람의 결혼식 피로연에서 벌어졌던 일을 당연히
기억하고 있을 터였다. (토머스가 그녀를 "엄마"라고―보나마나 레오가
그렇게 하라고 강요했을 텐데―불렀을 때, 시아한 부인은 "엄밀히 말하면,
너희는 네덜란드에서만 결혼한 거야"라고 소리를 질렀다. "그러니까, 우리가
네덜란드에 있을 때에나 나한테 '엄마'라고 부를 수 있는 거야! 알겠니?") 시
아한 부인은, 처음으로, 그날 밤의 일을 기억하면서 죄책감이라고 할
만한 걸 느꼈다.

"엄마가 너한테 뭐 좀 물어봐도 되겠니?" 그녀가 말했다.

토머스는 깜짝 놀란 것 같았다.

"뭔데요, 아주머니?" 그가 머뭇거리면서 물었다.

"이제부턴 그냥 엄마라고 부르렴."

"오. 어, 네. 그럴게요. 뭔데요… 엄마?"

★   kecap. 간장에 팜 설탕을 넣고 졸여서 달콤한 맛이 나는 간장.

"혹시 심장에 문제가 있니?" 시아한 부인 역시 머뭇거리면서 물었다. "혹시 무슨 문제라도 있으면 나한테 얘기해도 돼."

토머스의 안색이 더 창백해졌다. "어, 아뇨, 아주머니, 아니, 엄마."

"정말? 너희들 방을 청소하는데, 심장병에 대한 책이 있길래."

토머스가 미처 무어라 대답하기 전에 레오가 돌아왔다. "갑시다!"

토머스는 어리둥절한 것 같았다. 레오 역시 혼란을 느끼면서 자신의 모친과 토머스를 쳐다봤다. "엄마, 무슨 문제 있어요?"

"나도 모르겠다." 시아한 부인이 평소처럼 무심한 표정을 지으면서 말했다. "가자, 배고프다."

◆　◆　◆

저애는 뭔가를 숨기고 있어, 시아한 부인은 집으로 돌아오는 길 내내 그 생각을 하고 있었다. 백미러를 통해 수시로 그녀를 훔쳐보는 토머스와 몇 번이나 시선이 마주쳤다. 레오가 차를 몰고 사무실로 떠난 뒤, 토머스 역시 바로 목욕을 하고는 집을 나섰다. 올 연말에 나올 예정인 자신의 소설에 대해 의논하기 위해 출판사 대표를 만나야 한다고 했다. 시아한 부인은 또 한 번 놀랐다. 토머스가 소설을 썼다는 사실을 모르고 있었기 때문이다.

시아한 부인은 혼자 집에 있는 기회를 최대한 활용했다. 그녀는 다시 한 번 두 사람의 침실에 잠입했다.

"소설"이라는 단어에서 시아한 부인은 일기 때문에 있었던 일을 떠올렸다. 레오가 장난으로 토머스의 일기장을 가로채갔고, 토머스는 레오를 잡겠다고 거실을 뛰어다녔던 일(그래서 그녀가 두 사람에게 소리를 질렀다)이 생각난 것이다.

시아한 부인은 서랍들을 하나하나 확인해보고, 심지어 침대 아래도 들여다봤다. 아무것도 없었다. 그녀는 눈을 감았다. 어디 있을까, 어디 있을까, 어디 있을까, 그녀는 머릿속으로 이 질문을 되풀이했다. 그녀가 토머스의 책상 앞에 주저앉았을 때, 고생 끝에 낙이 있다는 말처럼, 작은 빨간 불빛이 반짝이는 게 눈에 들어왔다. 토머스가 컴퓨터를 켜놓은 채 나간 것이었다! 시아한 부인은 마우스를 잡았다. 이게 그 소설 원고로군. 짓궂은 아이라도 된 것 같았다. 그녀는 제목을 훑어봤다. 아드 마이오렘 데이 글로리암.

그녀는 얼굴을 찌푸렸다. 토머스가 이런 가톨릭식 제목을 차용하리라고 누가 생각이나 했겠는가. 너무 상투적인 거 아니니, 이 아저씨야! 하지만, 놀랍게도, 그녀는 그 소설의 내용이 궁금했고 그 자리에 앉아서 읽어보고 싶었다. 하지만 그녀는 그 유혹을 떨쳐버렸다. 먼저 일기장을 찾아야 했다. 인도에서 무슨 일이 벌어졌던 걸까? 그게 그녀가 알아내고 싶은 내용이다. 그렇지 않은가? 잠깐… 어쩌면 일기장도 컴퓨터 안에 저장해두었을지도 모른다.

하지만 불행하게도, 시아한 부인은 수도 없이 많은 사진과 문서들의 폴더들—다운로드 받아놓은 포르노 영상들 모음을 포함해서(세상에나!)—을 확인해보는 건 고사하고, 컴퓨터에서 무언가를 찾아내는 데에는 전혀 소질이 없었다.

시아한 부인은 궁금한 나머지 비디오를 하나 클릭해서 열어보았다가 세 남자가 침대 위에서 뒹구는 영상에 입을 딱 벌리고 말았다. 그녀는 충격과 공포에 사로잡힌 채 빛의 속도로 그 창을 닫아버린 뒤 다시 검색에 초점을 맞추었다.

그녀는 끊임없는 혼란 속에서 마우스의 왼쪽 오른쪽 버튼을 마구 눌러댔는데, 갑자기 이런 질문이 떴다. "D 디스크를 포맷하시겠습니까?"

그녀는 당황했다. 포맷이라고? "정렬"시킨다는 뜻인가? 그녀는 이 컴퓨터에 들어 있는 모든 문서들을 포맷해서 체제를 갖추고 재정렬시키면 문서들을 하나하나 들여다보기 좋아질 거라고 추측했다. 그녀는 '예' 버튼을 눌렀다.

그녀는 숨을 멈췄다. 컴퓨터는 삼십 분 동안 기다리라는 메시지를 내놨다. 그녀는 다시 방 안으로 관심을 돌려 캐비닛 아래, 침대 아래를 들여다보면서 토머스의 일기장을 찾는 수색 작업을 재개했다. 그녀는 옷장을 열어봤다. 토머스의 속옷 더미를 다시 들춰봤다. 아무것도 없었다. 아무것도.

토머스가 그걸 어디에 숨겨뒀을까? 시아한 부인은 방 한구석에 있는 책장으로 다가갔다. 한 선반에 접혀 있는 신문이 놓여 있었다. 그녀는 책장에 달려 있는 유리문을 열고 그 신문을 꺼냈다.

오래된 신문 같았다. 그녀는 날짜를 확인했다. 작년 9월 15일 자였다. 그 무렵에 두 사람이 인도로 떠나지 않았나? 특별히 이 날짜 신문을 보관하고 있는 이유가 뭘까? 이건 어쩌다가 토머스의 책장 안에 놓여 있게 됐을까? 토머스는 이 책장에 보관하는 책을 아주 까다롭게 고르지 않나? 시아한 부인의 의혹이 점점 더 커졌다.

그녀는 신문을 뒤적이면서 머릿기사들을 훑었다. **교육위원회 부패와 관련해 주지사 체포. 라시아나 해변 인근에서 악어 두 마리 목격. 동남아시아 세팍타크로 토너먼트에서 인도네시아 승리. 탕게랑에서 불법 임신중절 시술 의사 적발…**

지면 한쪽 구석의 작은 박스 안에 실린 마지막 머릿기사를 보는 순간 시아한 부인의 속이 울렁거렸다. 그녀의 생각은 순식간에 레오가 태어나던 날 밤으로 날아갔다. 탯줄이 레오의 목에 감겨 있었기 때문에 의사는 제왕절개 수술을 해야만 했다. 그리고 아이를 살릴 수 있을지 확신이 없었기 때문에, 의사는 그녀의 복부를 "X"자로 갈라야 했다. 이후로는 임신이 불가능해지는 수술 방식이었다. 영원히 사라지지 않을 것 같은 흉터가 남았고, 그 때문에 레오에게는 형제자매가 생기지 못하게 되었다.

시아한 부인은 자신이 어떤 특정한 사안들에 대해서는 보수적인 견해를 가지고 있다는 걸 알고 있었다. 그런데 내 주변의 다른 사람들은 어떻지? 그녀는 자기방어적으로 생각했다. 다른 이들은 훨씬 더 완고한 태도를 가지고 있다. 그녀와 같은 파르사우타온에 있던 친구 로라는 아이를 낳다가 죽었다. 당시 로라의 나이는 쉰에 가까웠다. 하지만 로라는 중절을 거부했다. 그래서 어떻게 됐을까? 그 파르사우타온에 속해 있던 다른 엄마들과 아빠들이 그녀의 용감성에 찬사를 보냈다! 로라의 남편이 스트레스 때문에 술독에 빠진 건 어떡하고?

그 집 아이들이 여태 모두 미혼인 건 또 어떻고?

하지만 시아한 부인은 자신의 특수한 상황 때문에 이 기사가 자신을 그토록 화나게 만들었다는 사실 또한 인식하고 있었다. 그녀는 남편과 함께 찾아다니면서 만나본 모든 의사들과—너무 많아서 다 셀수도 없다—그때마다 같은 대답을 받아들고 집으로 돌아가던 일을 떠올렸다. 위험성이 너무 크다는 얘기. 그녀는 기사에 언급된 의사에게 분노를 느꼈다. 그의 재판에 찾아가서 욕을 한바탕 해주고 싶었다. 단 하나밖에 없는 아들이 남자와 결혼하고, 여자는 건드리지도 않으면서 손주를 얻는 게 불가능해졌던 때도 있었다. 그런데 집에서 얼마 떨어지지도 않은 곳에서, 어떤 의사는 은밀하게 낙태 시술을 하고 있었던 것이다.

시아한 부인은 제러미를 얻기 위해 들인 비용을 아직도 기억하고 있었다. 3만 5,000달러. 갑자기 모든 게 컵에 담긴 깨끗한 샘물처럼 선명해졌다. 토머스가 그렇게 창백해 보인 게 그래서였구나! 3만 5,000달러는 적은 돈이 아니었다.

이런 생각들 때문에 피로가 몰려오는 걸 느끼면서, 그녀는 신문을 접어 들고 책장의 문을 열었다. 신문을 다시 집어넣으려다가 그녀는 얼어붙었다. 선반 한쪽 구석에 검은 가죽으로 싸인 책이 한 권 숨겨져 있는 게 눈에 띈 것이다.

시아한 부인의 얼굴에 환한 미소가 번졌다. 그녀는 그 책을 들고 레오와 토머스가 쓰는 침대에 가서 앉아 읽기 시작했다. 여기 있었네! 그녀는 재빨리 페이지를 넘겨 작년 10월의 일기들을 찾아냈다.

10월 4일,

인도에서 돌아왔다. 레오가 나를 대하는 태도가 변한 게 느껴졌다. 아직도 거기에서 있었던 일에 대해 생각하고 있는 게 틀림없다. 나로서는 물론 죄의식을 가지고 있고, 용서를 구하고 싶지만, 레오 또한 좀 더 책임의식을 가졌으면 좋겠다. 레오 역시 자신이 잘못한 게 있다는 사실을 느꼈으면 좋겠다. 그는 달라져야 한다. 하지만 나 또한 달라져야 할 것이다.

시아한 부인의 가슴이 내려앉았다. 자기 생각이 맞았던 것이다. 인도에서 무슨 일이 벌어졌다. 어떤 일이지? 그녀는 그 전 일기들을 확인해보고 싶었지만, 그 페이지들은 찢겨나가 있었다.

얼마나 끔찍하고 무서운 일이 벌어졌길래 자기 일기장의 페이지들을 뜯어냈을까? 제러미가 태어난 일과 관계된 걸까? 아니면 그의 장모인 시아한 부인과의 일?

그녀는 페이지를 넘기다가 토머스의 일기가 무척 이상하다는 사실을 갑작스럽게 깨달았다. 그는 자신의 개인적인 생각을 쓰면서도 일종의 암호를 사용하고 있었다. 흔한 일이라고는 보기 어려웠다. 그해의 다른 일기들은 모두 지나치기로 결정한 뒤, 그녀는 제러미가 태어난 무렵으로 바로 넘어갔다.

6월 8일,

오늘, 닥터 라제시가 전화를 걸어와 아기가 태어날 때 우리가 그곳에 있을 건지 확인했다. 우리는 아기의 이름을 제러미라고 지었다. 걱정스럽다. 모든 게 잘되기를 바랄 뿐. 그래서 마음의 평화를 얻을 수 있게 되기를.

그녀는 계속 읽어나갔다. 토머스가 쓴 이야기들의 맥락을 이해하기 어려웠기 때문에, 그녀는 읽지도 않은 채 페이지들을 하나, 둘, 그러다가 세 페이지씩, 일기장의 앞뒤로 계속 뒤적였다. 종이 한 장이 바닥으로 떨어졌다. 그녀는 그걸 주워들었다. 어떤 소설, 어쩌면 교과서에서 뜯어낸 것 같았다.

우리의 상황에서, 작별을 고하기에 적절한 순간이란 없다.

이 문장은 그 종이 아래쪽에 휘갈겨져 있었다. 그녀는 시선을 고정시킨 채 그 문장을 노려봤다. 어떤 책인가에서 뜯어낸 103페이지. 그녀는 곧 옷장, 장식장, 화장대 등을 뒤져서 서랍에 들어 있는 심장병 가이드북을 찾아냈다. 103, 104페이지가 없었다.

그러니 그게 사실이었다. 토머스는 심장병을 앓고 있었던 것이다. 그래서 그렇게 변한 것이었다. 아마도 인도에 갔을 때 거기서 쓰러졌을 것이고, 그 사실을 그녀에게 숨기고 있었을 것이다. 토머스는 자신의 병 때문에 갑작스럽게 레오와 제러미와 헤어지게 되었을 때 그 두 사람에게 무슨 일이 벌어질지 걱정하게 되었을 것이다. 시아한 부인은 얼른 6월 8일의 일기를 펼쳐서 읽고 또 읽었다. **그래서 마음의 평**

화를 얻을 수 있게 되기를. 그러니까 토머스는, 지금까지, 레오의 앞날을 걱정하고 있었던 것이다—레오, 자신의 유일무이한 아들.

그녀는 울기 시작했다. 그녀는 지난 칠 년 동안 두 사람의 삶이 고속도로처럼 평탄한 것이 되지 못하도록 갖은 노력을 다해왔다. 그녀가 토머스를 특별히 싫어한 건 아니었는데도. 그녀는 토머스를 싫어한 적이 없었다. 하지만 그녀의 마음속 깊은 곳 어딘가에는 토머스가 너무 즐겁게 살게 내버려두기 싫다는 욕망이 늘 자리하고 있었다. 그가 오고 나서 시아한 부인은 남들처럼 사는 게 불가능해졌다. 아리산을 떠나야 했고, 그동안 알고 지내던 사람들의 그룹에서 빠져나와야 했다. 사람들이 그녀 아들의 결혼생활을 끊임없이 화제에 올렸기 때문이다. 사람들은 더 이상 그녀에게 친절하지 않았다.

그녀는 또 다른 날짜의 일기를 읽었다.

12월 24일,

크리스마스가 되었고, 나는 혼란스럽다. 나는 여태 아브라함과 사라의 이야기를 늘 마음에 두고 살아왔다. 아브라함과 사라는 아이가 없이 살아오다가, 아브라함이 하가와 동침해서 이스마엘을 얻는다. 이게 바로 우리의 상황 아닌가? 이스마엘을 얻게 된 것? 하지만 레오와 내게는 이삭을 얻을 가능성이 없다. 그렇지 않은가?

그저께 나는 뒷뜰에 앉아 신이 아브라함에게 한 약속을 떠올리고 있었다. 그의 후손이 하늘의 별만큼, 바닷가의 모래알만큼 많아지리라고 한 그 약속. 하늘을 떠가는 구름들을 올려다보면서, 나는 스스로에게 물었다. "그런데 우리는? 우리의 후손이 하늘의 구름처럼 많아지지 않는다면?"

시아한 부인은 울음을 멈출 수 없었다. 컴퓨터에서 소리가 들렸다. 팅! 하지만 이제 컴퓨터에서 토머스의 디지털 일기를 찾아낼 필요는 사라졌다.

◆ ◆ ◆

얘가 어딜 갔을까? 시아한 부인은 병원 복도를 서둘러 걸어가면서 생각했다. 오늘 밤, 하늘은 흐리고 날은 차가웠다. 집에서 두 사람을 기다리는 게 나았겠지만—그녀의 류머티즘이 도지고 있었다—토머스하고 당장 이야기를 나누어야 했다.

그 아이에게 친절하게 대해준 게 대체 언제였나? 기억도 나지 않았다. 일곱 번의 생일이 왔고, 지나갔다. 일곱 번의 크리스마스. 일곱 번의 부활절도. 지금, 그녀는 토머스에게 말해야 한다는 감정을 억누르지 못하고 있었다. 앞으로는 그들이 이 모든 날들을 함께 해나갈 거라는 이야기를. 그의 귀에 속삭여주고 싶었다. "네가 하고 싶지만 하지 못하고 있는 이야기가 뭔지 알아, 이해해." 아니면 "두려워하지 마". 아니면 "언제라도 누군가가 필요하면, 내가 늘 여기에 있어줄게, 지금 이 순간부터".

또 다른 꿈에서 남편을 만날 수 있다면, 이렇게 말해주고 싶었다. 이제는 아들을 있는 그대로 받아들일 수 있다고, 그리고 더 중요한 것들—이를테면 손주라든가, 복잡하고 길게 이어지는 삶 자체를 맞아들일 준비가 되어 있다고.

시아한 부인은 복도 반대편 끝에 토머스와 레오가 서 있는 모습을 봤다. 두 사람은 진지하게 대화를 나누고 있는 중이었다. 그녀는 두 사람에게 다가가다가 레오의 몸짓에서 무언가 이상한 점을 발견했다. 무슨 일인가가 벌어지고 있었다. 토머스는 계속해서 눈을 훔치고 있었다. 확실히 무슨 일인가가 벌어지고 있었다. 아마도 토머스가 레오에게 진실을 말하고 있는 중인 듯했다.

그녀는 두 사람만의 시간을 주는 게 좋겠다고 생각해서 바로 옆 모퉁이에 있는, 커다란 화분으로 가려진 의자에 앉았다. 그 자리에서는 두 사람의 대화가 모두 들렸다.

"왜 여태 아무 말도 하지 않은 건데?"

레오의 목소리였다. 혼란스러워하고 있었다. 물론 놀랐겠지. 누군들 그렇지 않겠는가?

"그애를 낙태시킬까봐 두려웠어."

낙태? 도대체 왜 낙태를 언급하는 걸까? 그녀는 목을 길게 뽑아 두 사람의 모습을 살폈다.

"그래도 나한테 얘기했어야지."

"닥터 라제시가 낙태도 고려해볼 만하다고 했어." 토머스가 자신 없는 목소리로 속삭였다. "난 네가 그렇게 하자고 할까봐 두려웠어."

시아한 부인은 얼어붙었다.

"나중에 어떻게 되든, 나한테 말을 했어야지."

그녀는 레오의 목소리에서 배신감을 느낄 수 있었다.

"공항에서 있었던 일 잊어버렸어? 장애아를 낳아서 그 짐을 안고 사느니 낙태를 하는 게 낫겠다고 한 말."

시아한 부인의 가슴이 쿵 내려앉았다. 두 사람은 공항에서 그 신문에 실린 기사를 보고 이야기를 나눴음에 틀림없다. 그녀는 한기가 다리까지 훑고 지나가는 게 느껴졌다. 무릎이 아프기 시작했다. 그러니까, 심장에 문제가 있는 건 그녀의 손자였다.

"이야기를 했어야지. 네가 잘못했다는 걸 인정해."

"내가? 넌 왜 뭐든지 내 탓을 하는데? 네 엄마가 잘못했을 때도 넌 언제나 내 탓이라고 하잖아."

"우리 엄마는 끌어들이지 마." 갑자기 짜증 섞인 목소리로 레오가 말했다. "이 문제에 대해 나한테 얘기하지 말라고 의사한테 말한 건 우리 엄마가 아냐."

"너네 엄마가 너한테 아이가 있어야 한다고 강요하지 않았으면, 지금 이런 문제는 없었을 거야."

"무슨 소리를 하는 거야?"

"너네 엄마가 우릴 있는 그대로 받아들였다면, 모든 게 더 쉬웠을 거라는 얘기야."

"다시 그 얘기로 돌아가는 거야?" 레오가 말을 잘랐다.

토머스가 콧방귀를 뀌었다. "넌 이 문제를 이해하려는 노력조차 안해. 넌 네 엄마를 지나치게 사랑해." 토머스는 얼굴을 쓸어내리고는 쥐고 있던 물병에 남아 있는 물을 마셨다. "그리고 넌 날 사랑한 적이 없어. 사실은."

"난 널 사랑해!" 레오가 말했다. 레오의 말 속에는 이미 그 말을 수도 없이 많이—어쩌면 수천 번—해오기라도 한 것처럼 짜증이 배어 있었다.

"너네 엄마를 더 사랑하지."

"그래서, 그게 뭐가 문젠데?"

"우리 결혼식 피로연에서 있었던 일을 잊었어? 내가 춤을 췄어. 너도 춤 췄고. 네 이모와 숙모들은 나하고 춤을 추겠다고 서로 다퉜지. 다들 정말 행복해했어. 그런데 너네 엄마가 사람들이 다 있는 앞에서 내게 소리를 질렀지. 내가 엄마라고 불렀다고 말이야. 나는 그날을 내 평생 동안 기다려왔어, 레오! 평생 동안."

"고백할 게 있어." 토머스가 지친 듯한 목소리로 말을 이었다. "나, 오늘 출판사 대표 만나러 간 거 아니었어."

그는 한숨을 내쉬었다. "다른 집 임대 계약서에 서명하고 왔어."

"…뭐—뭐라고?"

"이 모든 것에 지쳤어. 정말로."

이제는 레오가 울기 시작했다. "날 떠나지 마."

"네가 원한다면 같이 이사 나가자." 레오가 덧붙였다. "제발 가지마."

토머스가 고개를 저었다. 그는 울고 있었다.

"우리, 엄마를 떠나자. 너랑 같이 갈게."

"혼자 있고 싶어."

"하지만 제러미는 누가 돌보고? 나 혼자서?"

"너네 엄마한테 도와달라고 부탁해."

"난 엄마를 원하는 게 아냐. 엄마는 문제만 일으킬 뿐이야. 난 널 원해."

시아한 부인은 돌처럼 굳어졌다. 토머스는 침묵을 지켰다.

"너 스스로 했던 말 잊었어? 우리 후손이 하늘의 구름만큼이나 많아질 거라고 한 거. 아니면 다 잊은 거야?"

시아한 부인은 어지러웠다. 그녀는 휘청거리며 일어나 반대편으로 걸어갔다. 이제는 레오와 토머스가 하는 말이 들리지 않았다. 그녀는 다른 의자에 쓰러지듯 주저앉았다.

시아한 부인은 자신의 귀를 믿을 수 없었다. 토머스는 **그녀가** 레오의 엄마로서 어떻게 느꼈을지는 한 번이라도 생각해본 적이 있을까? 자신한테 닥친 사실을 직면하는 게 얼마나 힘들었을지. 두 사람이 제단 앞에서 죽음이 두 사람을 갈라놓을 때까지라고 말하며 맹세하는 모습을 상상하는 게 얼마나 힘든 일이었을지. 만나는 사람마다 던지는 질문에 대답하는 게 얼마나 힘든 일이었을지. (레오가 남자하고 결혼했다면서? 어떻게 만났대요? 그래서, 괜찮으세요?) 그래도 그녀는 토머스를 받아들이기 위해 최선을 다했다. 결코 노력하지 않은 게 아니다. 그런데, 토머스는 어떻게 지금에 와서 포기한다는 걸까? 자기는 노력했나? 그녀는 알 수 없었다. 도저히 알 수가 없었다.

그녀의 두 뺨을 흘러내리는 눈물은 바닷물처럼 짰다. 갈매기들의 울음소리가 희미하게 들리는 것 같았다. 어쩌면 레오와 그녀는 병원이 아니라 어느 부두에 서로 거리를 두고 서 있는 것일 수도 있었다. 거기에서, 토머스가 지금 막 배에 올라탄 것이었다. 잠시 후면 배의 기적이 울릴 것이었다. 닻이 올려질 것이었다. 배가 움직이기 시작할 것이었다. 그리고, 서서히, 토머스는 두 사람이 부르는 소리를 듣지 못하게 될 것이었다. 그다음에는 그의 눈에 두 사람이 보이지 않게 될 것이었다. 마침내, 그의 머릿속에서 두 사람이 영원히 지워지게 될 것이었다.

시아한 부인은 이미 자신이 망가지고 독기를 품고 있어서, 가까이 오는 이들 누구에게나 위험한 존재가 되는 것처럼 느껴졌다. 하지만 동시에, 자기가 이 문제를 해결할 수 있을 것 같다는 느낌도 들었다. 결혼을 하면서 일을 포기했고, 남편이 죽었고, 외아들이 게이라는 걸 알게 된 뒤에도 그녀는 살아남지 않았는가? 하지만 지금은 자기가 도저히 이길 수 없는 어떤 것에 맞서고 있는 것 같았다. 자기 아들의 삶에서 자기가 문제의 근원이자 문제 그 자체일 뿐이라니. 언제나 아들에게 최고의 것만 주려고 하면서 살아오지 않았던가? 물론 어찌해야 할지 몰랐던 적이 전혀 없었다고 할 수 없다는 점은 인정해야 했다. 인생의 모든 것이 너무나 빨리 변했다! 한 번의 저녁식사 자리가 지금까지 해온 모든 것을 뒤집어엎을 수도 있었다. 그리고 그녀는 전혀 준비되어 있지 않았다. 그녀는 낡은 기계였다. 기름을 쳐줘야 하는. 그녀는 언제나 뒤에 처져 있었다.

시아한 부인은 남편이 몹시 그리웠다. 둘이 나란히 침대에 누워―교대로 그녀의 부풀어오른 배를 쓰다듬으면서―이제 세 사람으로 함께 살아가게 될 그들의 인생 계획을 세우던 그 시절로 되돌아가고 싶었다. 어떤 집을 얻을지, 유럽에서 보낼 휴가, 첫애의 이름("레오 요하네스. 이름은 레오 요하네스여야 돼요." 그녀는 말했다). 하지만 인생이 이렇게 바뀌는 건 전혀 계획한 적이 없다. 석탄처럼 시커멓고, 쓰고, 벌레 먹은 과일을 매달고 있는, 껍질에 가시가 돋친 검은 나무로.

그 여자의 이야기

새벽녘에, 그녀는 자신이 호모 픽투스에 불과하다는 것, 그리고 그녀가 지금까지 살아온 삶이라는 게 사실은 자신의 이야기에 불과하다는 사실을 느낀다.

그녀는 늘 해오던 대로 물을 끓이고, 해오던 대로 분쇄기에 커피콩을 쏟아 넣고, 갈린 커피의 무게를 저울에 달고, 커피숍을 나서는 고객들에게 고맙다고 소리 높여 인사하는 등 늘 해오던 대로 하려고 애쓰면서 오전을 보낸다. 속에서는 베이킹소다를 너무 많이 섞은 밀가루 반죽이 부풀고 부풀고 또 부풀어서 숨도 쉬기 어려워지고 있지만.

커피숍이 그다지 붐비지 않는 오후 시간—두 시경—에 그녀는 직원용 화장실로 가서 거울에 비친 자신의 모습을 들여다본다. 이건 진짜 육체야. 그녀는 생각한다. 진짜 단백질, 수분, 지질 이중층으로 구성된. 하지만 다시 생각해보면, 이것들은 모두 말에 불과한 것이기도

197

하다. 물론, 말이라는 게 누군가의 뇌에 들어 있는 수백만의 뉴런에
다름 아니라는 점을 생각한다면, 말 역시 단백질과 지방에서 비롯된
것이긴 하다. 그녀는 가슴에 달린 직원 명찰을 떼어내고, 거기에서
핀을 뜯어버린다. 그녀는 핀으로 손가락 끝을 찌른다. 검은색 물체가
배어나온다. 그녀는 그 액체의 냄새를 맡고, 맛을 본다. 그녀는 이런
걸 한 번도 본 적이 없다. 그녀는 피에 대해 알고 있다. 피에 대해 이
해한다. 이것은 피가 아니다. (1) 이것은 붉지 않다. (2) 어떤 악취를
풍기긴 하지만, 피에서 풍기는 악취는 아니다. 그녀는 자신이 마지막
으로 넘어져서 무릎에서 피가 흐르던 일을 떠올리려고 시도한다…
하지만 기억나지 않는다. 그녀는 자신의 부모님을 기억해보려 하지
만, 마음속에 떠오르는 거라곤 브로콜리 같은 모양의 커다란 곱슬머
리를 한 어떤 여자가 전부다. 아버지는 없다. 아버지일지도 모른다고
짐작되는 남자조차 없다. 그녀에게 아버지는 없고 엄마만 있는 걸까?
예수처럼? 그녀는 방금 무슨 생각을 한 건가? 예수? 예수가 누구지?
그녀는 기억해낼 수가 없다.

　그녀는 자신의 어린 시절에 있었던 사건들을 되살려보려 하지만,
떠오르는 거라고는 별 관계 없어 보이는 이미지들뿐이다. 닭날개 먹
기 시합. 어떤 페스티벌에서 어떤 젊은 남자가 발레리나 복장을 갖추
고 있고, 그녀가 그 남자와 함께 웃고 있는 모습. 그다음에는 어떤 호
수. 그녀가 작은 사내아이와 함께 백조보트를 타고 있는. 잠깐… 그
여자애가 정말 그녀인가? 그 여자애는 너무 말라서 전혀 그녀처럼
보이지 않는다. 하지만 그녀의 마음속 무엇인가가, 맞아, 나 맞아, 라

고 말한다. 그녀의 머리가 빙글빙글 돈다. 그녀는 화장실에서 나온다. "나 잠깐 쉬어도 될까?" 그녀는 동료인 앤턴에게 묻는다. 그녀는 앤턴에 대해 떠올릴 수 있는 건 모두 떠올리려 애쓴다. 그렇게 해서 떠오르는 거라곤 (1) 두 사람이 지난 이 년 동안 같이 일해왔다는 사실, (2) 너무나 가까워져서, 마치 같은 자궁에서 나온 것처럼 느껴지는 지경이 됐다는 것, (3) 앤턴이 카슈 콩에 알러지가 있다는 사실 정도다. 그녀는 앤턴의 생일이 언제인지 기억해내려 애쓴다… 그러나 아무것도 떠오르지 않는다. 어떻게 이럴 수 있지? 그녀는 절망에 빠져 생각한다.

"왜 그래? 자취방 주인이 또 골치 아프게 굴어?"

그녀는 고개를 젓는다. 그녀의 방 주인 여자가 역사상 가장 야비한 여자인 건 맞지만. 그녀는 커피숍 한쪽 구석에 앉아 펜과 종이를 꺼내 아무거나 손 가는 대로 써보려고 한다. 지난주 작문 수업에서, 선생은 그 방법이 오래된 기억을 불러내는 데 좋은 방법이라고 했다. 그녀는 내 자취방 주인 여자는 왜 그렇게 끔찍할까, 하는 질문을 스스로에게 던진다. 그러고는 그 답을 써내려가기 시작한다.

그러나 그녀의 머릿속에 떠오르는 건 어떤 남자의 얼굴이다. 그녀는 자기가 종이에 쓴 첫 문장을 내려다본다. **그녀는 종종 책을 여러 권 구해서 그것들을 읽는 데 시간을 전부 쓴다.** 그녀는 인상을 찌푸리며 생각한다. 이건 어떤 사람을 끔찍하게 만드는 일이 전혀 아니잖아. 그녀 스스로도 독서를 좋아한다.

그녀는 이번에는 주제를 바꿔보려 시도한다. 엄마의 케이크, 라고 생각하고, 그녀의 뇌가 이 말에 대해 즉각적으로 내놓는 것들을 받아 적을 준비를 갖춘다.

그런데, 머릿속에 떠오르는 건 또다시 그 남자다! 그녀는 그 남자가 어느 폭풍우 치는 캄캄한 밤에 커피숍에 들어오던 모습을 떠올린다. 그는 핫초콜릿과 치즈케이크를 주문하고 나서 이렇게 말했다. "아가씨, 치즈케이크 데워줄 수 있어요?"(그가 나를 아가씨!라고 불렀어, 라고 그녀는 생각한다.) 반면에, 엄마의 케이크에 대해 생각할 때 떠오르는 거라곤 **냠냠**과 **마지판**이라는 말이 전부다. 정작 케이크와, 식구들이 둘러앉아 먹던 자리조차 전혀 기억에 없다. 심지어 그녀는 마지판이라는 게 뭔지도 모른다! 그녀는 실망의 한숨을 내쉰다. 지금 나에 대한 이야기를 쓰고 있는 사람은, 누군지 모르겠지만 인물의 세부 사항에 대해서는 전혀 신경을 안 쓰는 아마추어가 분명해.

그녀는 테이블에 놓여 있는 여성지를 집어 조금 뒤적거려보기로 한다. 불과 이 초도 지나지 않아 그녀의 입이 딱 벌어진다. 모든 페이지가 비어 있다. 이건 무슨 뜻일까, 그녀는 생각한다. 너무나 불균질해! 너무나 불완전해! 자신의 창작물에 필요한 것들을 제공해줄 능력이 없는데 창작자가 되는 게 무슨 의미가 있을까? 그녀는, 최소한, 누구한테나 사랑은 필요한 것이라는 사실을 작가가 기억하고 있기를 바란다. 누구한테나—그녀를 포함해서! 그녀는 누군가가 그녀를 위해 쓰였기를 바란다. 자신의 이야기가 삶을 포기한 독자들의 관심을 끌려는 의도로 쓰인 슬픈 이야기가 아니기를 바란다. 자신의 이야기가 어느 술꾼에 의해 쓰이고 있는 게 아니기를 소망한다.

그녀는 좀 쉬어야 한다. 충분히 자면 이 광기는 사라질 것이다. 내일이면—이게 가능하지 않을 거라는 걸 그녀는 알지만—정상적인 인간으로 잠에서 깨어날 수 있을 것이다.

집으로 돌아가는 버스에서, 그날 밤 들어야 할 수업이 미적분학 II, 우주학 개론 두 과목(그녀는 집 근처에 있는 잘 알려지지 않은 대학에서 물리학 심화 과정을 듣고 있다)이라는 사실을 떠올린다. 하지만 기운이 하나도 없다.

그녀는 자신의 이야기를 쓰고 있는 작가가 어떻게 생겼는지 상상해보려 시도한다. 남자일까, 여자일까? 분명히 남자일 거야, 라고 생각한다. 작가가 여자였다면 이런 가련한 운명 때문에 고통받지 않을 텐데. 여자 작가였다면 나도 제대로 된 고등교육을 받을 기회가 있을 것이고, 앤턴만큼 보수를 받을 것이고, 늘 남자 생각만—마치 그것만이 중요한 일인 것처럼!—하지는 않을 것이다. 그런데, 작가가 잘생겼을까? 사람들이 "그 잘생긴 작가"라고 부를까? 내가 녹색을 좋아하는 것처럼 그 사람도 녹색을 좋아할까? 그 사람은 날씬할까? 아니면 그 반대로, 나처럼 뚱뚱할까?

그 사람이 뚱뚱해서 내가 뚱뚱한 걸까, 아니면 내가 뚱뚱해서 그 사람이 뚱뚱한 건가?

이 이야기가 작가의 자전적이거나 반쯤 자전적인 소설이라는 말은 하지 말아줘, 라고 그녀는 생각한다. 이를테면, 저 멀리, 구름의 뒤켠, 저 모든 별들의 뒤켠, 서서히 팽창하고 있는 우주의 가장자리 너머에서 새벽에 수시로 잠이 깨어 그때마다 오는 거라곤 전화회사에서 보내는 광고 문자밖에 없는 핸드폰을 확인하는 뚱뚱한 사내가 하나 있는데, 인스턴트커피라도 타먹으려고 침대에서 기어나왔다가 설탕 섭취량을 줄이고 체중을 줄여보겠다고 했던 결심을 기억해내고는 마음을 바꾸고, 곧이어 그 결심을 하게 만든 누군가를 떠올리고는 동시에 그가 그 사내를 몹시도 그리워하지만 그와 같이 지내게 될 가능성은 없다는 사실 또한 떠올리고는, 그 사실을 잊기 위해 노트북 컴퓨터를 켜고는 무언가를 쓰려고 한다, 이런 식으로는. 어쩌면 그 사내는 한동안 메타픽션 스타일의 이야기를 쓰고 싶어 했고 날이 밝기 시작하던 바로 그 순간에 "새벽녘에…"라고 시작하는 걸 쓰기 시작하는데—하지만 어쩌면 그 사내는 그 문장을 끝낼 수 없고, 그래서 좌절감에 빠져 그가 사는 세계 저 너머, 대기권 너머, 수천 수백만 개의 혜성들과 소행성들 너머, 서서히 확장되고 있는 우주의 가장자리 너머에 사는, 이 글을 쓰고 있는 사내에 대한 이야기를 쓰고 있는 심하게 야윈 여자에 대해, 그리고 그 여자는 자기 같은 존재라고 생각하기 시작하는 것이다. 자기처럼 새벽에 일찍 일어나고, 전화회사에서 보내오는 문자 말고는 아무 메시지도 없는 핸드폰을 확인하는 버릇이 있는 존재…

"여기서 내려요." 버스가 교회 앞에 도착했을 때, 그녀는 운전기사에게 말한다. 그녀는 차에서 내려 자신의 자취방으로 걸어간다.

이 모든 것, 이 모든 삶은 부조리하다. 이 삶이 존재하는 유일한 이유는, 누군가가 달리 할 일이 없었기 때문이다, 라고 그녀는 생각한다.

만약에 그 뚱뚱한 사내가 그 이야기를 다시 써볼 생각을 하지 않았더라면 나는 존재하지 않았을 거야, 라고 그녀는 생각한다. 이 모든 걸 겪지 않았어도 됐을 거야. 그녀는 자신의 존재에 대한 의식도 없이, 자궁 속에 들어 있는 어린아기처럼, 그 사내의 머릿속에 그대로 머물러 있었을 것이다.

　이제 그녀는 그가 왜 뚱뚱한 사내가 아닌 뚱뚱한 여자를 자신의 페르소나로 선택해 글을 쓰게 되었는지 궁금하다. 하지만, 그 상황에서 뭐가 다르겠는가? 이유가 있다 하더라도, 그게 왜 중요하겠는가, 안 그런가? 아무도 사랑해주지 않는 뚱뚱한 여자와 아무도 사랑해주지 않는 뚱뚱한 남자 사이에 무슨 차이가 있는가? 그녀는 자신의 삶의 어떤 것도 기억하지 못한다. 무엇보다 자기 자신이 다른 어떤 것에 연관되어 있는 존재라고 생각하지도 못한다. 그녀는 출입문 자물쇠를 연다. 바로 들어가서 눕고 싶다.

　그녀는 이야기 속에서 나라고 불리지 않으면 좋겠다고 생각한다. 왜냐면 나에는 너무 많은 제약이 있기 때문이다. 그 대신 그녀, 혹은 차라리―이상적인 호칭은 아니지만―뚱뚱한 여자가 더 낫다. 그리고 전지적 화자가 이렇게 말해주기를 원한다. "그리고 그의 마음속 깊은 곳에서 사내는 그 뚱뚱한 여자를 사랑했다. 그 여자가 그를 위해 데워준 치즈케이크를 한입 베어물고, 그게 그의 입안에서 사르르 녹던 그 순간부터 그는 그녀를 사랑했다. 그녀가 그만을 위해 우려준 홍차를 한 모금 마시던 그 순간부터. 그 온기가 그의 위장 속으로 퍼져나갈 때, 사내는 속으로 생각했다, '나는 내가 죽는 날까지 이 여자를 사랑할 것이다.'"

방으로 들어가는 문 앞에 서서, 그녀는 왼쪽 옆으로 나 있는 계단을 쳐다본다. 자취방 주인 여자는 그녀가 2층으로 올라가지 못하게 금지하고 있었다. "우리 관계는 전적으로 비즈니스야—자취방 주인과 세입자. 그게 전부야!" 그녀는 잠시 머뭇거리다가 계단을 오르기 시작한다. 한 계단 한 계단 음미하면서 오르다가 마침내 2층에 도달한다. 그녀는 충격을 받고 그 자리에 얼어붙는다. 그녀 앞에 보이는 세계는 완전히 흰색이다. 한 걸음 앞으로 나선 그녀는 보이지 않는 벽에 부딪힌다.

벽? 그녀는 웃기 시작하고, 웃음은 멈출 줄을 모른다. 아니, 이건 벽이 아니야. 이건 존재하지 않음이야, 웃음이 가라앉으면서 그녀는 생각한다.

그녀는 그녀의 이야기가 신문 지면에 발표되는 상상을 한다. 지면 오른쪽 아래 구석, 이야기가 쓰인 장소와 연도 바로 위에는 누구에게 헌정한다는 구절이 쓰일 것이다. 어쩌면 두 사람에게. 물론 그녀는 거기에 누구의 이름이 인쇄될지 모른다. 마리아, 아니면 마리오? 레오나, 혹은 레오? 디아스(♀) 아니면 디아스(♂), 아니면 디아스(⚥)? 누가 알겠는가? 하지만 한 가지는 분명하다: 그녀는 그녀가 어릴 적, 닭날개 먹기 시합에 나갔을 때, 그녀가 혼자가 아니라는 걸 알려주기 위해 옆에서 이야! 이야! 이야! 하며 응원해주던 친구 같은 존재가 되고 싶다. 그녀는 그 뚱뚱한 사내를 응원해주고 싶다. 그래서 그가 이 이야기, 그녀의 이야기를 끝마칠 수 있도록, 그리고 그가 절대 혼자가 아니라는 걸 알 수 있도록—그래서, 결국에는 모든 것이 분명해지고, 그녀가 어떤 이야기 속에서 자신이 살고 있고, 그녀가 왜 쓰였는지를 알게 되기를 바란다.

레오폴드 아디 수리야 인드라완과 디아스 노비타 우리를 위해

대체로 행복한 이야기들에 대한 대체로 행복한 대화

노먼 에릭슨 파사리부(이하 파사리부) 저는 인도네시아어로 이 단편들을 쓰는 동안 대개는 음악을 들으면서 썼어요. 번역도 그런 식으로 하셨나요?

티파니 차오(이하 차오) 전 반대예요. 소리의 진공 상태에서 일했어요! 작가님 단편들은 리듬감이 강해서, 음악을 들으려 할 때마다 서로 너무 부딪혀서 결국엔 음악을 전혀 듣지 않았어요. 작가님의 언어를 속으로 반복하면서, 그 소리들을 내면화시켜 영어로 더빙했죠. 작가님은 어떤 음악을 들으셨어요? 매 단편마다 특정한 곡을 들으셨나요? 수록작들 중 몇 편은 오래전에 쓰셨다고 알고 있는데, 그걸 다 기억하시려나 모르겠어요. 하지만 소리의 기억이란 아주 강력하기도 하니까요.

파사리부 우와, 자기 마음속에서 들려오는 소리 외의 모든 소리들을 차단한 상태에서 쓰거나 번역을 하는 느낌이 어떤 건지 궁금하네요. 전 음악을 들으면 제 주변에 관심이 쏠리는 걸 좀 차단할 수 있어요. 이미 알고 계시는 거지만, 전 정말 쉽게 산만해지거든요. 그런데 음악을 들으면 그때 쓰고 있는 이야기의 분위기에 좀 더 집중할 수 있어요. 이 책에 실린 단편들을 쓰는 동안 조니 미첼을 많이 들었어요. 유튜브에 올라와 있는 바탁 팝송들도 많이 들었고요. 조니 미첼의 〈리틀 그린〉은 〈산드라, 그래서 당신의 이름은 뭔가요?〉의 사운드 트랙이나 마찬가지예요.

차오 작가님이 작품에 맞는 노래를 고르시는 건가요, 아니면 작품 스스로 노래를 고르는 건가요? "이거다" 싶은 노래를 고르기 전에 여러 곡을 들어보세요?

파사리부 첫 번째 곡을 대충 고르고 나서, 그 뒤에 자동으로 따라 나오는 곡들을 그냥 들어. 번역하실 때 앉은자리에서 한번에 한 작품을 끝내셨나요? 매일의 작업 분량을 어떻게 정하세요? 그리고 번역가님의 개인 작업이나 다른 일들과의 균형은 어떻게 유지하세요?

차오 저는 언제나 한 작품을 완전히 끝낸 다음에 다음 작품으로 넘어가요. 작가님의 단편들은 이어지는 모티프들도 있고 연결되는 것들도 있지만 그 자체로 완결된 창작물들이라 따로따로 완전히 몰입할 필요가 있어요. 그리고, 저는 멀티태스킹을 전혀 못해요. 제가 하고 있는 작업을 끝내지 못한 상태에서는 새로운 걸 시작할 수가 없어요. 이번 팬데믹 기간에는 제 작업을 별로 못했어요. 최근 들어서는 사는 게 너무나 혼란스러워요. 균형이 무너졌죠. 그런데 이 작품들을 작업할 수 있어서 너무 행복했어요. 부드럽게 출렁거리는 구명보트를 타고 있는 것 같았어요. 이 작품들을 번역한다는 기대를 품고 아침에 일어날 수 있었죠.

파사리부 이 책에 수록된 이야기들 중 상당수는 베카시에 살고 있는 바탁 사람들 얘기예요. 2019년에 함께 갔던 베카시 여행이 정말 좋았잖아요. 그 여행이 이 이야기들을 번역하시는 데 도움이 되었나요? 그리고 그때 점심으로 먹었던 펨펙, 생각나세요?

차오 작가님이 살던 동네를 가볼 수 있어서 정말 좋았어요. 이 책을 번역하면서 작가님을 방문했던 당시의 즐거운 기억들이 많이 떠올랐어요. 덕분에 작가님이 쓴 인물들과 장소들을 좀 더 구체적으로, 보다 선명하게 드러낼 수 있었던 거 같아요. 그리고 그 펨펙은 아직도 꿈에 나타나요. 제가 정말 정말 그리워하는 어린 시절의 음식들 중 하나예요. 음악에 대한 이야기를 나눴는데, 음식은 작가님의 글쓰기에 어떤 영향을 미치나요?

파사리부 제 소설의 우주에서 음식은 큰 역할을 해요. 음식은 제 인물들이 가장 소중하게 생각하는 기억들을 만들어내는 데 크게 기여한다고 할 수 있어요. 현실 세계에서는, 누구나 그렇듯이, 제가 사랑하는 사람들을 위해 음식을 만들죠. 사람들이 가장 좋은 상태의 저를 기억해줬으면 좋겠는데, 그때는 바로 제가 무얼 먹고 있을 때예요. 글을 써나갈 때, 인물들 사이의 관계를 좀 더 잘 이해할 수 있게 음식을 활용하는 경우가 종종 있어요. 어쩌면 인간의 삶에서 빼놓을 수 없는 가장 필수적인 게 식사시간이잖아요. 산드라와 그녀의 아들 바이선을 예로 들자면, 두 사람의 관계는 산드라가 주간 근무를 끝내고 집에 오는 길에 길거리에서 사온 솜사탕을 통해서 드러나요. 그 솜사탕은 일반적인 엄마의 사랑이 아니라, 세상의 모든 어려움에도 불구하고 자신과 아이를 먹여살리기 위해 일하는 한부모의 깊은 사랑에 대한 은유거든요.

차오 맞아요. 저는 지금 툴라가 서배스천과 함께 아이스크림을 먹으러 나가고 또 그 아이에게 음식을 만들어주던 장면도 떠올리고 있어요. 그리고 〈거인에 관한 이야기에 관한 진실한 이야기〉의 그 끔찍한 화자의 여자친구인 메타가 완전히 무너진 상태의 화자에게 슬픔을 잘 이겨내라고 나시 봉쿠스를 보내주잖아요. 음식은 우리가 상대에 대해 마음을 쓰고 있다는 사실을 즉각적으로 보여주는 동시에 그 상대의 건강을 실제로 돌봐주는 방법인 거죠. (전 지금, 방금 줌으로 학교 수업을 마친 여섯 살짜리 제 아이가 먹을 점심을 만들면서 이 질문에 답하고 있어요.) 한편 같은 작품에서 화자가 친구의 장례식에 갔다가 돌아오는 길의 공항 장면도 떠올라요. 거기에서 화자가 맥도널드의 치즈버거 맛에 집착하게 되는 것도요. 이 순간 화자가 보여주는 음식에 대한 태도에 큰 의미가 있나요?

파사리부 물론이죠. 음식은 커다란 위안이 될 수 있지만, 반면에 우리가 슬픔에 직면하고 그걸 통과하는 데 방해가 될 수도 있어요. 그 화자는 자신이 가까운 친구의 죽음에서 비롯된 상실을 제대로 소화시키지 못하고 있다는 사실을(그리고 어쩌면 그가 의식하지 못하는 상태에서 그 친구에게 가지고 있던 플라토닉한 사랑 또한) 깨닫지 못하고 있어요. 왜냐면 그는 아버지의 죽음에서 오는 상실을 직면해본 적이 없거든요. 슬픔을 소화하는 일에 너무나 훈련이 되어 있지 않아 그런 정크푸드의 맛을 과잉분석하는 일 따위에 자기를 밀어넣는 거죠. 넘쳐나는 감정이나 정서는 어디론가 가야 하는 거니까요.

차오 맞아요. 저한테는 KFC가 그런 음식이라는 걸 부인하기 어려워요. 그리고 〈산드라, 그래서 당신의 이름은 뭔가요?〉의 주인공한테도 그런 것 같고요. 산드라는 자신의 슬픔을 이겨내기 위해 낯선 곳으로 여행을 가는데, 거기에서 KFC만 줄창 먹잖아요.

파사리부 제가 아는 인도네시아 사람들은 나쁜 일이 계속 일어나면 그걸 끊어내기 위해 머리를 자르는 일종의 이상한 의례를 치러요. 아니면 바다에 가서 얕은 물속을 걸으면서 나쁜 운이나 나쁜 귀신을 쫓아내죠. 이유는 모르겠지만 우린 바다가 순정한 곳이라고 믿거든요. 실제로 자카르타의 바다는 산업화와 우리 생활방식 때문에 엄청 더럽지만요. 아무튼, 산드라는 그런 정신적인 태도를 가지고 베트남에 간 거예요. 자신을 치유하기 위해 한 번도 가보지 않은 곳에 가고 싶었던 거죠. KFC에 대해 조금 이야기하자면, 2017년 저는 상당히 많은 트라우마를 짊어진 상황에서 하노이에서 살았어요. 베트남 음식을 무척 좋아하지만, 머리가 너무 복잡할 때에는 제가 살던 곳 가까이에 있는 KFC에 자주 갔어요. 지금 와서 생각해보면, 너무 우울할 때는 저한테 익숙한 어떤 걸 찾고 싶었던 것 같아요. KFC 치킨은 제 대학 시절을 상징하는 어떤 거였어요. 학생들 형편에서는 일종의 사치였기 때문에, 한 주에 한 번 같이 몰려가서 먹곤 했죠. 즐거운 경험이었어요. 마마 산드라도 같은 느낌이 아니었을까 싶어요.

차오 이 책에 실린 이야기들에서는 감정이 정말 다양한 방식으로 넘쳐나요. 넘쳐 흘러서(수록작이 그려내는 이미지들을 차용하자면) 원래의 느낌과 다른 형태를 갖춰요. 어떤 인물들한테는 그게 허기를 넘어서서 분노로 변화되기까지 하잖아요. 아니면 〈젊은 시인이 가슴이 찢어지고 나서도 살아남기 위한 안내서〉에서처럼 (아이러니하게도) "회복한 뒤 스스로를 더 낫게 만드는" 쪽으로 방향을 틀기도 하고요. 아니면 〈아드 마이오렘 데이 글로리암〉의 은퇴한 수녀처럼 그저 무언가를 하고 싶어 하게 될 수도 있고, 염탐을 하거나(〈우리의 후손은 하늘의 구름만큼이나 많을 것이다〉) 스토킹을 할 수도(〈짙은 갈색, 검정에 가까운〉) 있어요. 번역을 하는 과정에서 가장 충격적이었던 문장 중 하나는 〈당신의 긴 잠을 위한 잠자기 전 이야기〉에서 "불행의 바벨탑"을 짓는 데 필요한 "슬픔의 벽돌로 지어진 끝 모를 구렁텅이"였어요. 그 구절은 제가 이 소설집의 번역에 접근한 태도를 정확하게 짚고 있는 것 같았어요. 솔직히 말하자면, 이 소설집을 번역하는 동안 여러 가지 이유로 엄청난 슬픔을 느꼈어요. 그리고, 만약 그 슬픔의 벽돌들이 최소한 무언가—그 구렁텅이에서 빠져나올 수 있는 탑을 짓는 데 쓰일 수 있다면, 어쩌면 희망이 있는 게 아닐까 하는 생각이 들었어요. 그 구절은, 동시에, 제가 번역과 글쓰기에 접근하는 태도를 비춰주는 거울 같았어요. 거의 미신처럼 들릴 수도 있는 얘기지만, 제가 제 심장을 더 세게 쥐어짜넣을수록 마지막에 얻게 되는 '주스'는 더 달콤해질 거라는 믿음이 저한테는 있는 것 같아요. 이 소설집을 번역하는 동안 그걸 강하게 느꼈어요. 이 말이 너무 음울하게 들리지는 않았으면 좋겠어요. 그보다는… 강한 슬픔을 우수에 찬 즐거움으로 바꾸는 일이라고나 할까요?

사실은 이 소설집의 원어 제목이 이 행복-슬픔의 혼합체를 더 잘 보여주는 거 같아요. 인도네시아 원제인 "Cerita-cerita Bahagia, Hampir Seluruhnya"는 "거의 대부분 행복한 이야기"라고도 번역될 수 있잖아요. "Hampir"—"거의"에 대해 좀 더 얘기해주실 수 있어요? 많은 단편들이 이 "거의"에서 오는 상심에 대한 것들이니까요—즉 깊은 갈망이 거절되거나, 희망이 무너지거나, 혼자서만 품고 있던 생각이 산산조각 나거나, 행복을 거의 이루거나 실제로 그걸 성취했지만 곧 빼앗기거나 하는 것에 대한 이야기이니까요.

파사리부 수록작 중 한 편은 드라큘라 백작에 바탕을 둔 겁니다. 저는 수없이 많은 중국의 흡혈귀 영화를 보면서 컸어요. 그리고 이런 B급 영화들이 이야기꾼으로서의 저를 형성하는 데 중요한 역할을 했죠. 그리고 어렸을 때 코폴라의 드라큘라 영화도 좋아했어요. 솔직히 말하자면, 이 영화는 한밤중에 부모님이 옆방에서 주무시는 동안 TV로 볼 때 더 무시무시했어요. 당시에는 부모님 방에 문이 없었거든요. 만약에 주무시다 깨서 제가 자라는 잠은 안 자고 그 영화의 야한 장면을 보고 있는 걸 보시면 어떻게 되겠어요?

책 제목에 "행복한bahagia"이라는 단어를 써보자는 아이디어는 제 첫 번째 소설집을 읽고 리뷰를 남긴 독자한테서 얻었어요. 첫 책 제목을 《고통받는 사람들에 대한 이야기들Stories of People in Suffering》로 바꾸는 게 어떻겠느냐는 그 리뷰가 재미있다는 생각이 들었거든요. 보세요, 여기에 현실에서 살고 있는 게이들을 행복하게 해주려는 노력은 전혀 하지 않으면서, 늘 슬프기만 한 소설 속의 게이들은 보기 싫어하는 독자들이 있는 거예요. 슬픈 아이러니죠.

제가 "hampir"라는 단어를 사용하겠다고 마음먹은 건 그게 "vampir"하고 한 글자만 다르기 때문이에요. 소위 진보적인 이성애자들은 우리더러 행복하고, 스스로에 대해 만족해하고, 긍정적이고, 생산적이고, 자신만만해하고, 두려워 말고, 늘 자기자신으로 살고, 누구에게도 미안해하지 말라고 요구하곤 해요. 너희 불쌍한 게이들, 그만 좀 징징거려, 그런 거죠. 슬픈 얘기지만, 그들에게는 행복한 게이가 사회적인 진보를 가리키는 지표 같은 거예요. 그런데, 정말로 따져보자고요. 인도네시아에서 게이로 살면서 이성애자가 행복한 것과 똑같이 행복할 수 있을까요? 행복이란, 이 세계 어디에 살든 정말 끝도 없이 다양한 면에서의 특권을 필요로 해요. 사실, 우리가 행복에 접근하는 걸 막는 건 많은 경우에 이성애자들이에요. 그래서 저에게는 그런 말들이 충분한 책임감을 가지고 하는 말처럼 들리질 않는 거죠. 우리들 같은 성적 소수자들은 늘 "hampir"까지만, "거의"까지만 접근할 수 있어요. 그래서 행복이 뱀파이어vampir로 바뀐다는 생각을 한 거죠.

그런 한편으로, 전 웃는 걸 좋아해요. 오로지 오리들을 귀찮게 하기 위해서 고요한 물을 휘젓는 것처럼, 제 슬픔에 도전해보고, 그걸 더 복잡하게 만들고 싶어지는 거죠. 저뿐 아니라 수백만 명이 그런 식으로 자기 문제에 적응해요. 전 그래서 마블 영화들이 트라우마를 사소한 것으로 만들어버리는 게 보기 싫어요. 이성애를 극단적으로 강조하는 디즈니 영화들도 꼴 보기 싫고요. 저한테 이 소설집은 제가 그 인물들의 감정을 존중하면서도 슬픈 이야기들에 보다 유머러스하게 접근하려는 시도인 거 같아요.

차오 이번 작품들, 그리고 작가님 다른 작품들에서도 전반적으로 정말 쿨하다고 느낀 것 가운데 하나가 뭐냐면, 성소수자성이라는 게 글의 모든 면을 관통하고 있다는 거예요. 형식이며 이미지화시키는 방식까지도요. 주제만 그런 게 아니고요. 제가 작가님 작품들을 다시 읽거나 그것들을 가지고 작가님하고 토론할 때마다 느끼는 건데, 그 문제에 관한 한 글 속에서 늘 새로운 무언가를 깨닫게 돼요. 언제나 작품에 들어 있는 새로운 성소수자성을 발견하는 거죠.

파사리부 아마도 그래서일 텐데, 저는 사람들이 제 작품들을 천천히(더 천천히) 읽었으면 좋겠어요. 저도 읽었던 걸 또 읽는 걸 좋아해요. 일단 수입 서적들은 비싸잖아요. 그리고 같은 책을 두 번째, 세 번째 읽었을 때 아주 다른 어떤 걸 발견하는 게 즐거워요. 너무나 오랜 기간 동안 비밀 속에서 살아야 했기 때문에 그런 것 같은데, 저는 제 글에도 비밀스러운 문들을 만들어 넣는 경향이 있어요. 예를 들어 〈엔키두〉는 제가 살던 지역에 있었던 홍수에 대한 짧은 이야기예요. 전 아주 어렸을 때부터 비를 싫어했어요. 우리 가족이 가장 취약해지는 순간이 바로 그때거든요. 하지만 우리 모두를 집어삼킬 것 같은 흙

탕물 주변을 돌면서 빗속에서 춤을 추던 건 어린 시절에 가장 즐거웠던 기억들 중 하나이기도 해요. 전 '홍수'에 성소수자적인 면이 있다는 생각을 늘 해요. 홍수는 분명히 '강'도 '바다'도 아니지만, 동시에 절대로 '마른 땅'이라도 볼 수도 없단 말이죠. 제가 〈엔키두〉를 쓴 건 이 책을 다 끝냈다고 생각한 뒤였고, 2019년 새해가 오기 전날 밀어닥친 홍수가 지나간 다음이었어요. 그날 아침에 엉덩이까지 차오르는 물을 보면서 《길가메시》에 나오는 홍수를 떠올렸고, 여성도 남성도 아닌 엔키두, 그리고 저 자신에 대해 생각했어요. 그래서 제 책을 이 환경 재앙으로 시작하자고 결정한 거죠… 저는 홍수라는 환경 재앙에 게이적인 면이 아주 강하다고 생각하거든요. 그리고 전 독자들이 이 책을 여러 번 다시 읽으면서 이런 사소한 것들을 찾아내줬으면 좋겠어요. 다른 작품들, 혹은 오래된 다른 글들하고 끝도 없이 연결되어 있는 이 여러 겹의 이야기들은 성소수자의 내러티브와 정말 잘 맞는 것 같아요. 우린 우리들만의 새로운 역사를 발명할 필요가 있다고 생각해요. 왜냐면 우리 역사는 수시로 삭제되어왔잖아요. 소설은 그 일에 잘 들어맞는 방편이에요.

차오 남성도 여성도 아닌 엔키두와 바다도 땅도 아닌 홍수의 존재는 단편 제목 중 하나인 '메탁수'를 상기시키기도 하는데요. 이 단어는 시몬 베유 철학의 핵심 용어이기도 하죠. 전 이 철학이 작가님의 작품들 전반에 영향을 미쳤다고 생각해요. '메탁수'는 그리스어로 '사이에'를 뜻하는 전치사잖아요. 베유는 이 말을 장애물이자 소통의 방편이기도 한 벽을 묘사하기 위해 사용했죠.

파사리부 저는 신비주의 일반에 늘 매력을 느껴왔어요. 제가 어렸을 때, 어머니가 우리 아버지 쪽 선조들 중에 부족 주술사가 한 분 있었다고 이야기해주셨어요. 우린 기독교인들이라 내놓고 말한 적이 없는 거였죠. 제가 어릴 때에는 어른들끼리 귓속말로 주고받던 주술사 의사들, 베구 간장(굶주려 있는 몸통이 긴 유령), 심지어 대를 이어서 내려오는 저주 같은 게 제일 큰 관심사였어요. 보다 분명히 말하자면, 저는 현실 세계의 철학과 더불어 성장하지 않았어요. 전 성경책과 오래된 여성지, 그리고 기자였던 아버지가 모아놓은 신문들을 읽으면서 컸어요. 시몬 베유의 철학에 귀를 기울인 건 그 사람이 평생 동안 어떤 형태의 권력에 대해서든 거부하는 태도를 유지했기 때문이에요. 제가 좋아하는 메리 쉬비스트Mary Szybist의 시집《살색 Incarnadine》들머리에 베유의 문장이 인용돼 있는 걸 봤어요. 그러고 나서 여행을 다니는 동안《중력과 은혜Gravity and Grace》를 샀는데, 은혜만이 텅 빈 공간을 채울 수 있다는 이야기에 바로 매혹됐죠. 제가 보기에 그 생각에는 무언가 취약하고 솔직한 면이 있었는데, 거기에 빠져든 거죠.

차오 그런데도, 이 작품들에는 근본적으로, 그리고 절망적일 정도로 신이 부재해요. 자신의 생애를 신에게 바친 수녀의 삶에서도요. 심지어 천국을 운영하는 직원들도 신을 본 적이 없어요. 우리가 신을 실제로 보는 건 〈거인에 관한 이야기에 관한 진실한 이야기〉에서 유일했던 것 같아요.

파사리부 오늘날엔 종교에 관해 이야기하는 게 정말 어려워요. 제 생각에는 우리가 종교나 신성과 맺고 있는 관계가 우리 삶을 심하게 망가뜨린 식민주의에 의해 더럽혀졌기 때문이에요. 그리고 성소수자들과 신과의 관계는, 물론, 이성애자들에 의해 거부되었고요. 프라무디야 아난타 토르Pramoedya Ananta Toer가 내적 저항, 그러니까 우리가 침묵당하고 싸울 방법을 차단당한 상태에서조차 우리 안에서 일어나는 저항에 대해 이야기한 적이 있어요. 저는 제가 이 작품들을 쓰는 행위를 통해 저의 내적 저항과 연결되었다고 생각하고 싶어요.

차오 조금 표면적인 질문인데요. '셋은 당신을 사랑하고, 넷은 당신을 경멸한다'는 제목 말예요. 이건 어디서 따오신 거예요?

파사리부 인도네시아판을 작업한 미르나 편집자님도 비슷한 질문을 한 적이 있어요. 그분은 그 제목이 좋다고 생각했지만 제가 어떻게 생각해낸 건지 궁금해하셨죠. 하하! 사실은 그건 이 동네의 전형적인 자취방 크기예요. 3미터 곱하기 4미터. 그 단편은 자유로워지려고 애쓰지만 결국은 '거의'에 갇히는 성소수자에 대한 얘기예요. 그 이야기의 주인공 사내는 자신의 '현대성', 자신의 부모로부터 독립해 있다는 사실 자체, 자신의 재정적인 상태, 자기가 살고 있는 이성애 중심주의적인 세계, 신에 대한 자신의 절망적인 사랑, 그리고, 네, 자신의 방에 갇혀 있어요. 저는 제목이란 게 일종의 철창 같은 거라는 느낌을 자주 받아요. 제목은 어떤 내러티브에 대해 이름과, 심지어 정체성까지 부여해주기도 하지만, 동시에 그 이야기가 어떤 내용을 담게 될 것이라는 기대를 불러일으킴으로써 이야기를 가두고, 그것 외의 다른 가능성은 조용히 지워버리는 역할을 하기도 해요. 그래서,

그런 제약(제목)에 제약(3 × 4미터짜리 방)을 가하면 어떨까 싶은 생각이 들었던 거죠.

차오 자취방은 이 책에서 반복적으로 등장하는 여러 요소들 중 한 가지인데요. 다른 것들로는 자신의 게이 아들을 사랑하지만 그들의 인생을 망치는 엄마, 썩어가는 이빨, 눈동자, 특별한 한 사람을 갈망하는 외로운 사람들, 초콜릿 같은 것들이 있죠. 앤턴, 로라, 레오, 린 같은 이름들도 반복적으로 사용되고요.

파사리부 이 책에 들어 있는 단편들은 한 번 대충 읽어서는 분명하게 드러나지 않는 여러 가지 방식으로 서로 연결돼 있어요. 영어에서 "각 부분들을 합한 것보다 큰larger than the sum of its parts"이라는 표현을 접한 적이 있는데, 제가 글을 쓰는 방식이 딱 이 표현 그대로인 것 같아요. 이름을 예로 들자면, 어떤 때는 어떤 특정한 이름을 고르는 이유가 제 다른 작품에 등장한 어떤 인물이 사용한 이름이기 때문이거든요. '로라'는 제가 끝내지 못한 과학소설 〈파라로라Paralaura〉('파라'는 물론 '병치parallel'를 줄인 말인데, 'para Laura'는 인도네시아어로는 '여러 명의 로라', 혹은 '로라들'이라는 뜻이잖아요)에 등장하는 이름이에요. 일종의 〈사랑의 블랙홀Groundhog Day〉★ 같은 소설인데, 그 영화에 나오는 필 코노스의 역할을 이 작품에서는 성격이 고약한 나이 든 바탁 여인이 담당해요. 절대로 마무리되지 않을 장편소설에서 로라를

★ 1993년 작 미국 영화. TV의 일기예보 아나운서인 필 코노스가 특정한 하루가 반복되는 일종의 타임루프time loop에 갇힌 뒤 벌어지는 이야기다.

빌려와서 다른 단편소설에 투입한 거죠. 저는 우주가 재구성될 수도 있다는 생각을 좋아하거든요. 그리고 이름을 가지고 장난치는 것도 좋아하는 것 같아요. 〈산드라, 그래서 당신의 이름은 뭔가요?〉에서의 산드라는 사실은 '산데라sandera(인질)'에서 가지고 온 거예요. 왜냐면 우리는 우리의 기억에 의해 조종된다는 게 이 책에서 반복되는 주제 중 하나거든요.

차오 기억은 이 책에 나오는 인물들 가운데 대다수에게 평형우주를 열어주는 역할을 하는 것 같아요. 그 인물들이 살 수 있었을지도 모르는 다른 삶들과 역사들을 슬쩍슬쩍 보여주는 거죠. 그 인물들 머릿속에 들어 있는 기억뿐만 아니라 사진의 형태로 남아 있는 기억들도 있고요. 다른 삶에서 날아온 우편엽서처럼 말예요. 그 지점에서 작가님이 자주 사용하는 "단절된 미래"라는 말을 떠올리게 됩니다. 이 이야기들에 "거의", 즉 "hampir"라는 단서가 붙지 않고 그냥 행복한 이야기들이 될 우주가 있을까요?

파사리부 물론이죠! 저는 거의 강박적으로 재창조라는 문제에 집착해요. 출판된 적은 없지만, 〈우리의 후손은 하늘의 구름만큼이나 많을 것이다〉에 등장하는 레오와 토머스의 아들의 여자친구에 대한 단편을 쓴 게 있어요. 또 다른 예로 들 수 있는 건 〈아드 마이오렘 데이 글로리암〉에 나오는 수녀 툴라 얘기예요. 툴라는 우리가 살고 있는 우주의 신(〈응답되지 않은 기도부에 오신 걸 환영합니다〉의 배경인 천국에 사무실을 가지고 있어요)과 다른 우주의 외계인 신 사이에 벌어진 미래의 우주전쟁에서 장군을 맡고 있어요. 이 작품들을 발표하지 않은 건 제 예전의 글쓰기 스타일에 대해 확신을 가지지 못할 때가 자주 있어서예요. 어쩌면 언젠가는 제가 쓰고 있는 이야기들을 끝낼 수 있는 기운을 북돋아줄 마법의 프라이드치킨을 발견하는 날이 올지도 몰라요. 누가 알겠어요?

대체로 행복한 이야기들

1판 1쇄 적음 2023년 10월 25일
1판 1쇄 펴냄 2023년 11월 6일

지은이 노먼 에릭슨 파사리부   ·
옮긴이 고영범
펴낸이 안지미
편집 오영나
사진·CD Nyhavn

펴낸곳 (주)알마
출판등록 2006년 6월 22일 제2013-000266호
주소 04056 서울시 마포구 신촌로4길 5-13, 3층
전화 02.324.3800 판매 02.324.7863 편집
전송 02.324.1144

전자우편 alma@almabook.by-works.com
페이스북 /almabooks
트위터 @alma_books
인스타그램 @alma_books

ISBN 979-11-5992-392-0 03830

알마출판사는 다양한 장르간 협업을 통해 실험적이고 아름다운 책을 펴냅니다.
삶과 세계의 통로, 책book으로 구석구석nook을 잇겠습니다.